엄마를 생각하면

마음이 바다처럼 짰다

- 할머니와 엄마의 입말을 살려 사투리를 그대로 적습니다.

**고등어**

엄마를 생각하면
마음이 바다처럼 짰다
고수리

;

벌써 여섯 번째 쓰는 편지이지만 이번만큼 시작이 어려운 적은 없었던 것 같아요. '엄마'라는 주제는 그저 딸일 수밖에 없는 저를 이렇게나 속수무책으로 만들어버리니까요.

비단 저만의 사정일까요. 언제나 자식 걱정뿐인 엄마와 어쩌다 엄마를 걱정하는 자식들은 평생 그만큼의 간극을 좁히지 못하겠지만, 그래도 엄마를 생각하면 짜고 울컥한 것이 눈가를 스칩니다.

여기 고수리 작가의 유년 시절은 짠맛 가득한 바다의 기억이 9할입니다. 제주 해녀였던 할머니는 4·3사건의 비극을 온몸으로 관통하며 삶의 터전을 강원도 삼척으로 옮겼고, 그곳에서 태어난 넷째 딸 그러니까 작가의 엄마에게 바다는 숙명이자 삶 그 자체였습니다. 어린 엄마는 할머니가 차디찬 물속에서 건져 올린 몰캉한 것들을 장난감 삼아 자랐고, 어린 작가 역시 엄마의 억척스러운 바다 생활을 대물림하듯 지켜보며 살아온 것이죠.

할머니와 엄마. 고단한 삶 속에서도 가족을 그리고 한 가정을 굳건히 지켜낸 두 사람입니다.

'고등어'를 주제로 하고 있지만 이 책에는 모녀 삼대가 긴 세월 동안 먹고 자란 여러 바다 음식들이 와르르 쏟아집니다. 한 권의 시집에 빗대어보자면 '고등어'는 표제작인 셈입니다. 그만큼 작가의 기억 속에는 엄마가 작은 밥상 가득히 올려주시던 커다란 고등어가 가장 인상 깊게 남아 있다고 해요. 이제는 직접 고등어를 굽고 가시를 발라 두 아이 밥숟가락 위에 올려주는 엄마가 되었으니, '딸'인 동시에 '엄마'인 작가는 위를 올려다보아도 아래를 내려다보아도 자꾸만 속수무책의 마음이 됩니다.

이 작은 책에는 가슴 아픈 한국사와 가탈 많은 가족사가 복잡하게 얽혀 있습니다. 모든 지붕 아래는 저마다의 사연이 있고 피치 못할 사정도 있겠지만, 어떤 곤궁한 상황에서도 우리는 분명 잘 먹어야 힘을 낼 수 있죠. 이 가족의 뜨끈하고 짭짜름한 밥상을 통해, 자식들 먹는 모습 보기만 해도 배가 부르다는 엄마의 마음을 이제야 조금 헤아려봅니다.

**Editor 김지향**

# 차례 ————

# 짠맛이 나를 키웠다

할머니는 해녀였다. 해가 떠오르면 찬 바다로 들어갔다. 파도가 잔잔한 날에는 멀고 깊은 바다까지 배를 타고 나갔다. 파도가 세찬 날에는 바위 가까이에 붙어서 물질을 했다. 그런 날에는 어린 나의 엄마도 할머니를 따라나섰다.

할머니가 물질하는 동안에 엄마는 테왁을 끌어안고 바다 위에 둥둥 떠 있었다. 엄마는 할머니가 들어간 물속을 가만히 들여다보았다. 짙고 깊어서 아무것도 보이지 않았다. 하나, 둘, 셋, 넷, 마음속으로 숫자를 세었다. 어린 엄마가 셀 수 있는 숫자가 다 지나가고도 바다는 조용했다. 파도만 처얼썩 치고 사방이 고요했다. 처얼썩 처얼썩. 파도가 자꾸만 가슴을 때리는 바람에 울 것 같은 마음이 되었을 때, 엄마는 눈을 감고 처음부터 다시 숫자를 세었다. 하나, 둘, 셋, 넷….

호오이 호오이.

할머니의 숨비 소리가 들려왔다. 할머니는 참은 숨을 가늘게 뱉으며 망사리를 끌어올렸다. "엄마가 잘도 잡아 왔재." 찡그리며 웃었다. 그렇게 할머니가 잡아 온 것들은 가족들의 일용할 양식이자 쌀이자 돈이자 옷이자 연탄이 되었다. 할머니가 예순다섯 살까지 바다에 들어가던 모든 날, 엄마는 파도가 가슴을 때리는 것 같은 마음으로 할머니의 숨비 소리를 기다렸다.

호오이 호오이.

할머니의 숨비 소리가 꿈에서도 들린 날이 있었다. 엄마는 언덕배기에 서 있었다. 엄마! 엄마는 손을 흔들며 큰 소리로 할머니를 불렀다. 그런데 그날따라 할머니는 밖으로 나올 생각도 없이 테왁을 부둥켜안고 둥둥 떠 있기만 하더란다.

"엄마, 뭐 해?" 할머니는 엄마를 올려다보며 히, 하고 개구쟁이처럼 웃기만 했다. 가만 보니 할머니가 껴안고 있는 건 테왁이 아니라 도람통만 한 커다란 돌덩이 같은 거였다. "단대이 받아라." 할머니는 그 커다란 걸 엄마에게 던져주었고 엄마는 한 품에 안아 들었다. 묵직하고 따뜻했다. 양팔에 가득 안길

정도로 커다란 전복이었다. 윤기가 차르르 흐르고 오색 빛이 반짝반짝했다. 엄마는 전복을 꽈악 껴안았다. "전복이 얼마나 예쁜지. 엄마는 단번에 알았잖니. 이게 내 딸이구나 하고."

나는 할머니의 바다로부터 태어났다.

깊고 푸른 바다를 들여다본다. 깊이를 가늠할 수 없는 물아래를 상상하다가 손가락으로 바닷물을 찍어 맛본다. 짜다. 아마도 내가 생애 처음 배운 맛은 짠맛이었을 것이다. 미역과 톳과 오징어와 고등어를 먹으며 나는 자랐다. 짠맛과 비린내와 할머니와 엄마의 살냄새가 배어 있는 음식을 먹으며 나는 피가 돌고, 살이 찌고, 키가 쑥쑥 컸다.

할머니가 폭 삶아 목걸이처럼 꿰어준 전복치발기를 질겅질겅 씹으며 쌀알 같은 이가 돋아난 나. 엄마가 새벽 어판장서 가져온 생선들을 뼈째 고아 만든 어죽을 넙죽넙죽 잘도 받아먹던 나. 생선 손질하는 두 사람 옆에 쪼그려 앉아 톡톡 부레를 터트리며 놀던 나. 생선 굽는 날이면 눈알이 사람 눈에 좋다면서 죄다 내 밥그릇에 올려주던 할머니와 그걸 꿀떡 꿀떡 넘기던 나. 가자미식해 오징어젓갈 꽁치젓갈 오독오독 씹어 먹고, 성게 멍게 전복 초장에 폭폭 잘도 찍어 먹던 나. 고등어를 하두 좋아해서 내 이름 고수리보다 고등어를 노래처럼 불렀던, 어린 나.

나는 기억하지 못하는 나의 모든 시간에 할머니와 엄마가 지어준 밥이 있었다는 걸, 나도 엄마가 되고서야 깨달았다. 내 새끼 입으로 들어가는 음식은 따뜻하고 좋은 것들이었으면 하는 마음, 맛있는 거 있으면 한입이라도 더 떼어주고 싶은 마음, 조그만 입으로 밥 들어갈 때마다 배부른 마음이 사랑이었다. 사는 일일랑 언제나 뻑적지근하고 어두컴컴했지만 매일 동그랗게 둘러앉은 작은 상에서 우리는 짭짜름한 바다 것들을 먹으며 웃고 울고 떠들고 힘을 냈다.

내가 스물일곱 되던 해 할머니는 돌아가셨다. 오래 아프시다가 아이처럼 작아지고 가벼워진 몸으로 떠났다. 그 자그마한 몸에서 나온 자식들이 손주들까지 합쳐 스물이 넘었다. 할머니가 떠난 4월, 바다에는 부슬비가 내렸다. 부슬비를 맞으며 할머니를 보내러 가던 길에 나는 참다가 끝내 조금 울었다. 눈물인지 빗물인지 모를 것이 입속으로 흘러들었다. 입안이 서글프게 짰다.

내가 서른둘 되던 해 엄마는 할머니가 되었다. 팔뚝보다도 작은 아기를 둘이나 안고서 집으로 돌아왔던 2월. 작고 작은 두 삶의 무게가 어찌나 무거운지 가슴이 내려앉던 날, 영문도 모른 채 자지러지게 우는 아이들을 보면서 나도 어쩔 줄 몰라 엉엉 같이 울었다. 전화기 너머로 엄마는 말했다. "그렇게 엄마가 되는 거란다. 강해져야 한다, 내 새끼." 아기들도 울고 나도 울고 엄마도 울고. 입안이 얼얼하게 짰다.

짠맛이 나를 키웠다. 눈물이 많은 할머니와 엄마를 닮아서 나는 잘도 운다. 우는 일은 지는 일, 약한 일, 나쁜 일이라고 생각했는데. 나도 엄마가 되어보니 우는 일은 강해지는 일, 살아내는 일, 그렇게 엄마가 되는 일이었다.

호오이 호오이.

할머니와 엄마와 나에게 눈물은 숨비 소리 같은 것. 눈물이 차오를 때마다 파도에 씻어내고 어두컴컴한 바다로 들어가던 할머니와 눈물이 차오를 때마다 밤바다에서 몰래 울고 돌아와 우리 남매를 홀로 키운 엄마를 기억하며. 두 사람이 나에게 지어준 사랑을 쓴다.

# 엄마 손바닥 같은 가재미

가자미

누가 손바닥으로 나를 좀 만져주었으면 싶은 날이 있다. 속이 아프거나 마음에 찬바람이 불 때 어김없이 배와 등을 쓸어주던 납작하고 여윈 손바닥들이 그리워진다.

욕심껏 먹다가 체한 날에 할머니는 반짇고리를 꺼내 왔다. 두툼한 무명실을 이빨로 툭 끊어두고, 라이터 불로 바늘 끝을 구워 소독하고는 사뭇 진지한 얼굴로 내 앞에 앉았다.

"자, 팔 내봐라." 말이 끝나기도 전에 할머니는 내 팔을 쑤욱 빼들더니 우악스럽게 쓸어내렸다. 울 할머니는 쪼그만데 참말로 힘은 세지. 팔뚝에서 다섯 손가락으로 피가 몰려 손끝이 벌게질수록 나는 실눈만 겨우 뜬 채로 엄살을 부렸다. "할머니 살살요." "하이고 겁도 많다게." 할머니는 엄지손가락을 무명실로 휘휘 둘러 묶고는 냉큼 바늘로 꾹 찔러 피를 내었다. 질끈. 감았던 눈을 뜨면 손끝에 검붉은 핏방울이 봉긋 올라왔다. 할머니는 피를 눌러 짜며 쯧쯧 혀를 찼다. "봐봐라. 쌔까만 거 보이나 안 보이나. 단대이 얹혔고망."

열 손가락 모두 딴 후에야 체기는 내려갔다. "인

제 돌아봐라." 할머니는 나를 돌려 앉히고 등을 투드
럭거리기 시작했다. 손바닥을 오목하게 만들어 등
한가운데를 터억 세차게 때리고 손바닥을 펼쳐 둥글
게 두어 번 쓸어주다가 끝에는 가짜 트림을 내뱉는
것이었다.

"왜 힐미니가 트림을 해요? 아픈 건 난데."
"가만 있으래이. 낫고 있다."

희한하게도 할머니가 몇 번쯤 나 대신 트림을
해주면 어느새 나도 묵은 트림을 따라 뱉었다. 그러
고 나면 정말로 다 나아버렸다. 금세 기운을 차린 나
는 "할머니 먹을 거 없어요?" 슬그머니 물었고, 할머
니는 "기지배, 뱃고래 하나는 지대루다." 하며 너털
웃음을 터뜨렸다.
내 배 속에는 고래가 살고 있나 봐. 그래서 먹어
도 먹어도 배가 고픈가 봐. 나는 밥이랑 고등어랑 김
치를 와구와구 먹는 뱃고래를 상상했다. '뱃고래'가
'뱃구레'의 강원도 사투리인 걸 알게 된 건 아이 둘
을 낳고 나서였으니, 나는 얼마나 오랫동안 배 속에

사는 커다란 고래를 상상하며 밥을 먹었는지! 할머니는 "아프니까 가재미나 꿔 먹자." 했다. 가자미를 꼭 '가재미'라고 부르던 할머니. 먹어서 아픈 건 먹어서 낫는 법이라며 아플 땐 꼭 가재미를 구워주셨다.

할머니의 굳은살 박인 손바닥이 구운 가재미 껍질처럼 가슬가슬하니 다부지다면, 엄마의 손바닥은 껍질 바른 가재미의 하얀 속살처럼 보들보들하니 고왔다.

"엄마 손은 약손. 엄마 손은 약손."

자장가 같은 노래를 불러주며 나의 배를 만져주던 엄마의 보드라운 손바닥. 속이 쓰리거나 탈이 났을 때, 엄마는 나를 솜이불에 눕히고 손바닥으로 배를 쓸어주었다. 동그랗게 손바닥 온기가 스미면 아픈 배는 꿀렁이며 움직이기도 하고 쿠루루루 소리를 내기도 하다가 차츰 잠잠해졌다. 따스해졌다. 그러면 나는 아픈 것도 잊고 잠이 들었다. 엄마 손바닥에 배를 맡긴 그 시간이 좋아서, 조금만 꾸룩거려도 조로로 달려가 배를 까고선 엄마 앞에 누웠더랬다.

나의 등을 쓸어주던 엄마의 손바닥도 기억한다. 어려서 툭하면 고열을 앓던 나를, 엄마는 발가벗겨 눕혀놓고 밤새 물수건으로 닦아주었다. 그런 날은 하루가 어떻게 지나가는지도 모르고 잠이 들다 깨다 했다. 슬몃 눈을 뜨고서도 손가락 하나 까딱할 기운조차 없을 때에는 누워서 보이는 풍경들이 아득하고 낯설어져 불현듯 모든 게 무서워지는 순간이 있었다. 엄마, 엄마…. 울먹이며 엄마를 불렀다. 아무리 작은 소리라도, 아무리 깊은 밤이라도, 엄마는 내 목소리가 들리면 바로 잠에서 깼다. 모로 누워서 가만가만 내 등을 만져주던 엄마. "엄마 손은 약손. 나아라, 나아라. 우리 아기 나아라." 뜨거운 나의 등을 쓸어주다가 긁어주다가 조용히 속삭여주면 나는 다시 스르르 잠이 들었다.

뜨겁게 앓을 때는 먹을 수 있는 것이 별로 없지만, 아픈 입에도 맛있었던 엄마의 새하얀 음식들이 있다. 간장 한 방울 톡 떨어뜨려 먹는 흰죽, 바삭한 김에 싸 먹는 갓 지은 흰밥, 그리고 구운 가자미.

가자미를 무척 좋아했던 시인 백석은 '한없이 착하고 정다운 가자미'라 부르며 가자미를 아꼈다고 한다. 그도 그럴 것이 가자미는 비린내가 없고 기름기도 적고 가시는 억세지 않으며 영양도 풍부해서 아이나 환자들이 먹기에 좋은 생선이다. 게다가 쫄깃한 식감과 담백한 맛은 질리지도 않고 쉽게 조리할 수 있으니, 정말이지 '한없이 착하고 정다운 가자미'라고 불러주고픈 생선이 맞다.

할머니와 엄마는 한없이 착하고 정다운 '가재미'를 자주 구워주었다. 앞뒤로 밀가루 묻혀 노릇노릇 구운 가재미 한 마리. 생긴 것이 꼭 우리 할머니 손바닥, 우리 엄마 손바닥 같아서 한없이 착하다. 아플 때 나를 쓸어주던 두 사람 손바닥이 생각나서 나는 가재미만 쳐다보면 그리도 정답다. 껍질이랑 가시를 정성껏 발라 하얀 살만 집어다 입에 넣어주던 두 사람이 떠올라 마음이 보드라워진다.

서른 해쯤 지나자 나도 가재미를 구워주는 사람이 되었다. 누군가에게 손바닥을 내어주는 사람이 되었다. 태어나 세상의 온갖 음식들을 한번씩 맛보며 자라는 것처럼 아이들은 작고 사소한 병들도 하나씩 다 아파보며 자랐다. 열이 펄펄 끓고, 먹는 족족 토하고, 자지러지게 울고, 부르르 떨다가 힘없이 늘어지기도 했다. 먹고 아프고 자라는 것이 아이의 일이었다.

아이의 작은 기침 소리 하나에도 따끔거리고, 일그러진 얼굴에 쿵 내려앉는 것이 엄마의 마음이었다. '가슴이 미어진다'는 게 이런 마음이었구나, 아픈 아이들을 돌보며 알았다. 제일 가슴이 미어지는 것은 엄마가 할 수 있는 일이 아무것도 없다는 것. 대신 아파줄 수도 금방 낫게 해줄 수도 없다. 그럴 때 할 수 있는 일이라고는,

"엄마 손은 약손. 엄마 손은 약손."

속 아픈 아이 배를 문질러주는 일. 열 끓는 아이 등을 쓸어주는 일. 우는 아이 뺨을 보듬어주는 일. 납작하고 야윈 가재미마냥 납작하고 야윈 손바닥으로 아이를 만져주는 일, 그뿐. 하지만 그 손바닥은 따스했다. 아프지 마라, 아프지 마라, 만져주던 손바

닥의 온기가 나에겐 마음의 약이었다. 덕분에 무섭지 않았지. 서럽지 않았지. 외롭지 않았지.

가재미를 구워 아이들에게 발라줄 때마다 나를 만져준 손바닥들을 생각한다.

먹을 만치만 톨톨 따다 무쳐 먹던

보리토시

겨울 바람에 흙내음이 느껴지면 나물을 캐러 나갔다. 아직은 파르라니 쓸쓸해 보이는 땅이더라도 그 아래엔 겨우내 뿌리 힘을 키운 봄나물들이 힘을 내어 올라오고 있다. 새침한 여린 잎이랑 향긋한 흙내음으로 나 여기 있다고 알린다들.

예닐곱 살 땐 엄마랑 소쿠리 하나씩 옆구리에 끼고 냉이랑 달래, 쑥 같은 봄나물들을 캐러 다녔다. 흙이랑 풀 만지작거리다가 까맣게 흙때가 낀 손 냄새를 맡으면 그게 그렇게나 좋았다. 반나절 엄마랑 놀듯이 캐 온 봄나물들은 깨끗이 씻어서 밥을 지어 먹었다. 달래장에 슥슥 밥 비벼 한입 넣고, 훈훈한 흙냄새 밴 냉이된장국 한입 머금고, 향긋하니 쫀득한 쑥버무리 한입 씹으면 입안에 봄이 벅적거렸다.

한편 어린 나는 못 따러 가고 엄마만 따 올 수 있는 봄나물이 있었는데, 고사리였다. 고사리는 그늘 아래 험한 수풀에 숨어 자라서 어른들이 몇몇씩 짝지어 산에 올라 따 오곤 했다. 가방에 가득 찰 만큼만 따 온 고사리는 삶아서 햇볕에 잘 말렸다. 그렇게 빳빳이 말려두었다가 한 줌씩 꺼내 한나절 물에 담가두면 사계절 먹을 수 있었다.

엄마도 따러 가지 못하고 할머니만 따 올 수 있는 봄나물도 있었다. 보리토시. 산에 고사리가 있다면 바다에는 보리토시가 있었다. 할머니는 미역을 따다가 갯바위가 보이면 퍼뜩 올라가 보리토시를 톨톨 따다 담아 왔다. 고사리랑 비슷해서 말려두었다 한 줌씩 꺼내 불려서 사계절을 먹었다. 오독오독하고 향긋한 맛이 좋아서 사계절 우리집 밥상에 오르던 나물이었다. 보리토시. 보리토시. 어린 나는 어쩐지 토실하고 귀여운 그 이름이 재밌어서, 짭짤하게 무친 것을 오독오독 씹어 먹자니 맛있어서, 보리토시를 좋아했다.

처음으로 보리토시를 내 손으로 직접 무쳐 먹어볼 요량으로 시장엘 갔다.

"보리토시 있어요?"

"보리토시?"

"보리토시 없어요? 바다서 따다 먹는 건데, 미역도 아니고 파래도 아니고 통통한 거. 꽃줄기 같이 생긴 거 있어요. 아, 저기 있다. 보리토시."

"아이고 아가씨야. 톳이네 톳."

깔깔 웃는 아주머니. 나는 영문도 모르고 톳을 귀여운 이름으로 부르다가 시장 아주머니께 귀여움을 샀다. 아, 톳이구나. 어른이 되어서야 알게 되었는데 보리토시는 동해안에서만 부르던 사투리. 진짜 이름은 톳이었다.

톳은 지금이야 칼슘과 철분이 많고 식이섬유가 풍부하다고 널리 알려져서 사람들이 많이 사 먹지만, 할머니 때는 바닷가 사람들이 반찬거리로만 뜯어 먹던 해초였다. 봄 미역철에 미역이랑 같이 채취해 먹던 바닷나물. 톳은 미역처럼 내다 팔지도 않고 먹을 만치만 조금씩 따다가 이웃과 나눠 먹었다.

"욕심일랑 부리면 안 돼. 우리 먹을 만치만 따다가 다음에 또 따러 가야지."

엄마는 고사리가 산(山) 것이라고 했고, 할머니는 보리토시가 바다 것이라고 했다. 나는 고사리랑 보리토시가 봄 것이라고 생각했다. 봄이 지나 빳빳이 검게 말린 나물들은 죽은 것처럼 쓸쓸해 보였지

만, 한 줌씩 꺼내다 물에 담가두고 한 밤 자고 일어
나면 다시 통통하니 풀색으로 살아나 있었다. 한여
름에도 한겨울에도, 살아난 나물들을 먹으면 어김없
이 봄이 생각났다.

할머니 덕분에 보리토시를 사계절 밥상에서 먹
었으니 철따라 조리법도 참 다양했다. 무채랑 무쳐
먹거나 된장에 무쳐 먹기도 하지만, 내 입엔 젓갈에
무쳐 먹는 보리토시가 제일 맛있었다. 젓갈은 사 먹
는 액젓이 아니라, 반드시 할머니가 담근 꽁치젓갈
이나 멸치젓갈이어야 했다. 할머니가 담근 젓갈은
생선살이 뼈째 씹혔다. 너무 짜지도 않고 발효된 생
선 맛이 구수름하니 감칠맛 났다. 그러니까 우리집
보리토시는 엄마 말로는,

"쪽파 많이 많이 넣고, 마늘 쪼사 넣고, 땡초 송
송 썰어 넣고, 꼭 할머니가 담근 된장이랑 젓갈이어
야 해. 넣고 문쳐서 그 위에 깨소금 솔솔 뿌려 먹으
면 얼마나 맛있니. 생선살이랑 뼈랑 같이 오독오독
씹어 먹는 보리토시 맛일랑 지금하고는 비교할 수가
없지."

"엄마, 근데 우리 너무 짜게 먹는 거 아니야?"

이제 그 시절 할머니만큼 나이가 든 엄마는 손이 더 짜졌다. 도시에 오래 산 나는 입이 싱거워졌고. 엄마가 해준 음식들이 짜게 느껴져 슬그머니 물어본 말에 엄마는 짠 나물이며 생선이며 찌개 같은 것들을 짭짭 소리 내어 먹으면서 심드렁하게 말한다.

"얘는. 우리가 샐러드 먹는 집은 아니잖니."

그렇지. 나는 아삭한 샐러드 말고, 흙냄새 바다 냄새 풀풀 나는 것들을 된장에 젓갈에 묻쳐서 짜갑게 먹었지. 할머니의 "짜구워."와 엄마의 "짜갑다."는 말은 "맛있다."는 말이었다. 짜굽고 짜가운 우리 집 음식들. 너무 맛있어서 웃음이 난다.

할머니가 없는 지금은 시장서 사 온 톳을 깨끗이 씻어 쪽파 많이 많이 넣고 된장에 버무려 먹어본다. 아무리 간을 봐도 그때 맛은 찾을 수가 없다. 보리토시를 잘근잘근 씹으며 이제는 옛날이 된 봄을 떠올려본다. 어렸을 때 먹던 보리토시는 더 짭짜름했었는데, 더 꼬들꼬들하고 더 오독오독했었는데 하고. 사계절 할머니가 따 온 짭짜름한 봄을 먹던 것을 아쉽게 추억한다. 욕심일랑 부리넌 인 된디고, 엄마랑 할머니가 일러주었지만… 자꾸만 그때가 그리워 욕심이 나는 건 어쩔 수가 없다.

할머니의 바다는 어떤 색깔이었을까

프리마 우유

눈을 감아도 노란 바다를 볼 수 있는 날이 있었다. 할머니 집에서 자고 일어난 아침이면 이불을 둘둘 말고 방문부터 활짝 열었다. 햇빛이 쏟아졌다. 먹먹한 노란빛에 재차 깜박이다가 가늘게 눈을 뜨면 산 아래 바다가 한눈에 들어왔다. 아침은 바다로부터 오고 있었다. 바다에는 윤슬이 반짝였다. 유리구슬을 한가득 부어놓은 듯 동그랗고 부드러운 빛물결이 일렁일렁. 햇빛도 윤슬도 바라보고 있노라면 눈이 부셨다. 나는 눈을 감았다. 눈을 감아도 주황에 가까운 노란빛이 느껴졌다. 눈 감은 노란빛. 나는 이 따뜻한 노랑을 사랑했다.

아침잠 없는 할머니는 일찍이 일어나 부엌에서 달그락거리던 참이었다. "일어났누. 아이고망 감기 온다. 이불 휘휘 둘러게." 할머니는 다방커피와 프리마 우유를 타 왔다. 달달한 걸 좋아했던 할머니는 커피 한 스푼, 프리마 두 스푼, 설탕 세 스푼 넣고 휘휘 저어 커피를 마셨고, 거기서 커피만 뺀 프리마 우유는 내 것이었다. 할머니 집에서만 먹을 수 있었던 불량식품 같은 우유. 얼마나 달짝지근하고 느끼하고 고소한지. 컵을 그러쥐고 홀짝홀짝 마시던 진한 달콤함이 아직도 생각난다.

커피랑 우유를 마시며 우리는 바다를 바라보았다. 나에게 바다는 한없이 반갑고 아름다운 아침 같은 것. "할머니는 이런 바다를 맨날 보니까 좋겠다요." 하지만 할머니는 말도 없이 후루룩 커피만 마셨다. 그럴 땐 할머니가 무슨 생각을 하는지 도통 알 수가 없었다. 그러나 가끔, 이상한 할머니를 엿보고는 했다.

커피 한 잔을 타놓고서 할머니는 아주 가끔씩 담배를 태웠다. 부엌 문간에 쪼그려 앉아 바다를 바라보며 가만히 담배를 태우던 할머니의 옆모습을 기억한다. 나는 부엌 문틈으로 몇 번인가 그 모습을 보았지만 모른 체했다. 할머니의 옆얼굴이 하두 쓸쓸하여, 할머니의 동그란 몸이 하두 자그만하여, 어린 나조차도 아무 말도 건네선 안 되겠다는 생각이 들었다. 담배를 태울 때의 할머니는 다른 사람 같았다. 새파란 처녀 같기도 파삭 늙어버린 노인 같기도 했다. 그때의 할머니는 도무지 낯설어서 어디 잠시 다녀온 사람 같았다.

할머니가 돌아가시고 나중에야 엄마에게 들었다. 할머니는 제주에서 4·3사건을 겪고 동해로 피난 온 해녀였다. 4·3 때 가족들과 헤어졌고 그사이 우애 좋던 남동생을 잃었다. 4·3사건 당시에 많은 제주 해녀가 동해 바다로 피난을 왔다. 할머니도 그들 중 하나. 외돌토리인 채로 고향을 떠나왔다. 여기서 할아버지를 만나고 가정을 꾸렸다. 할머니는 4·3사건의 후유증으로 평생 어깨가 아팠지만 억척스럽게 물질을 하면서 아들 둘 딸 다섯을 낳아 키웠다.

그러나 삶은 할머니를 가만히 두지 않았다. 사실 할머니에게는 자식이 둘 더 있었다. 할머니는 생때같은 아들을 바다에서 사고로 떠나보냈다. 첫 자식이었다. 할머니는 딸도 하나 떠나보냈다. 그 딸이 살아 있었다면 아마도 엄마의 셋째 언니였을 텐데, 갓난아기 때 병으로 죽었다고 한다. 그 시절 그런 죽음들은 많았지만 흔하다고 슬프지 않은 건 아니었다. 할머니는 살면서 죽은 아들딸 이야기를 한 번도 꺼내지 않았다.

고향을 잃고 가족을 잃은 건, 할머니의 평생 한이었을 테다. 바다는 할머니의 고향이기도 생계이기도 했지만, 모든 걸 빼앗기고도 꾸역꾸역 살아남아야 했던 할머니의 삶 자체였다. 거대한 파도가 밀려올 때마다 할머니는 졌고 슬펐고 울었다. 구슬피 울다가도 파도에 눈물 씻어내고 다시 바다로 들어가 물질하고 키우고 살아냈다.

그러다가 아주 가끔씩, 할머니는 담배를 태우며 잠시 먼 곳으로 다녀왔다. 멀거니 바다를 바라보며 할머니는 제주 바닷속을 헤엄치고 왔을지도. 동생의 앙상한 등을 쓸어주다가, 아이의 동그란 머리통을 매만지다가, 핏덩이를 뜨겁게 껴안다가 왔을지도 모르겠다. 그때 나는 할머니의 그 모든 이야기를 몰랐지만 어린 마음에도 눈물이 날 것 같은 이상한 기분에 덩달아 슬퍼졌다. 아무 말도 해줄 수 없기에 그저 할머니 곁에 자주 있어줄 뿐이었다.

나는 바다를 떠올리면 무언가 나를 껴안아주는 것 같은 기분이 든다. 내가 태어나기도 전에 불었던 바람 같은 이야기가 여기까지 불어와 살포시 이마를 짚어주는 기분이랄까. 바다, 바람, 비, 해녀, 엄마, 이야기. 내가 이런 것들을 좋아하는 이유가 어쩌면 할머니의 손녀이기 때문은 아닐까 생각했다.

　　할머니가 돌아가시고 나서야 할머니의 이야기를 듣는다. 할머니의 마음을 궁금해한다. 할머니는 나의 조그만 머리통을 보며 어떤 생각을 했을까. 그 너머로 아름답게 반짝이던 바다를 보며 어떤 마음이 들었을까. 나는 프리마 우유를 홀짝홀짝 마시며 아무것도 모르는 척 할머니의 슬픔을 맛보았다. 우유를 다 마시고 할머니를 돌아보던 내가 환하게 웃었기를.

　　혼자 담배를 태우며 할머니가 바라보던 바다.
　　할머니의 바다는 어떤 색깔이었을까.

볼그스름한 초여름의 맛

챗국

매미가 쓰르르람 울면 바닷바람은 순해졌다. 공기는 물기를 머금었고 풍경들은 빛깔이 깊어졌다. 샛파랑 바다로부터 불어온 바람 한 줄기가 휘요오오 가슴에 스며들면, 나는 계단 두어 개를 한꺼번에 뛰어 내려가는 아이처럼 마음이 부풀어 올랐다. 여름의 시작이었다.

어김없이 할머니네 장독대엔 봉숭아 꽃이 피었다. 장독대 옆에 쪼그리고 앉아 우리는 꽃잎을 땄다. 분홍 선홍 보라 하양 봉숭아. 소쿠리에 잎이랑 골고루 따 담아 해 질 녘까지 밖에 두었다. 초여름의 햇살과 바람과 소리와 설렘 같은 것들까지 다 같이 담아두었다.

할머니랑 둘이서 저녁을 지어 먹고, 깨끗이 씻고서 젖은 머리카락을 아무렇게나 늘어뜨린 채 마루에 나가 앉았다. 바람이 산들 불어왔다. 우리는 절구에다 봉숭아를 넣었다. 내가 꽃이랑 잎이랑 소금을 조금씩 넣어주면 할머니는 절굿공이로 콩콩콩 꽃을 찧었다. 꽃잎들이 짓이겨지는 게 못내 아쉬웠지만 여름의 것들을 절구에 한데 모아 작고 짙은 덩어리로 만드는 기분은 묘하게 들떴다. 여름을 조물거리는 기분이랄까. 새금한 풀 냄새가 설렜다. 다 빻은 봉숭아는 겨우 한 줌 정도. 할머니는 빻은 것을 조심조심 내 손톱에 올려주었다.

"손가락 봅서게. 햐, 애기야. 강냉이 알맹키루 쪼끄매서 물이 잘도 들런지는 모르겠다."

할머니는 봉숭아 잎으로 손톱을 잘 감싸고 비닐장갑 끄트머리 잘라둔 것을 손가락에 조심스럽게 씌웠다. 무명실로 칭칭 감아 꼭 묶어주는 일. 그걸 보며 배시시 웃는 일.

열 손가락 모두 물들일 때까지 할머니와 나는 머리를 맞대고 가만가만히 숨을 쉬었다. 그사이 밤은 오고. 바람은 잔잔하고 귀뚜라미 울고 달은 밝아서, 평온한 여름밤이었다. 그 밤에는 가슴팍까지 여름이불을 올려 덮고 누웠다. 열 손가락은 그 위에 가지런히 두고서 잠들었다. 소풍 가기 전날보다도 설렜다지, 그 밤은.

다음 날 일어나자마자 할머니가 손가락 실을 풀

어주었다. 쪼글쪼글한 열 손가락이 볼그족족하게 물
들어 있었다.

"예쁘다! 할머니, 예쁘지요?"
"오야. 첫눈 올 때까즘 자알 가꼬 있으라."

마주 보고 싱긋 웃던 아침 풍경이, 어린 날 나의
모든 여름에 있었다.

여름의 시작과 함께 손가락 마디까지 봉숭아 물
이 든 채로 먹었던 국을 기억한다. 챗국. 할머니 말
로는 제주서부터 먹던 음식이라던데, 꼭 여름에만
먹는 건 아니고 명절이나 제사 때에도 빠지지 않고
만들어 먹는 우리집 국이었다.
그리 특별할 건 없는 국이다. 멸치 육수 우려내
고 무채랑 콩나물 많이 넣고서 한소끔 끓인 다음에
소금으로만 간을 한다. 짜거나 감칠맛 돌지 않게. 그
저 슴슴한 듯 담담하고 깔끔한 맛이어야 한다. 우리
집에선 드물게 맑은 국이기도 했다. 그렇게 한 솥 끓
인 챗국을 여름 동안 찬 데다 넣어두고 식혀서 매 끼

니 꺼내 먹었다. 시원하고 말간 챗국에 고슬고슬한 밥을 말아 먹으면 속이 순하고 선선해졌다.

초록초록한 오이와 미역 넣고 식초로 새콤하게 국물 내어 얼음 동동 띄운 미역냉국이 쨍하게 시원한 한여름의 맛이라면, 하얀 무채와 노란 콩나물 넣고 폭 끓여 소금으로 간해 슴슴하고 담담하게 식혀 먹는 챗국은 선선한 초여름의 맛이었다. 봉숭아 물들일 때의 그 여름날 설렘이 느껴진달까.

명절에는 나물이랑 같이 말아 먹곤 한다. 시금치 고사리 도라지 삼색나물 조물조물 무쳐다가, 챗국 자박하게 담고서 거기다 밥이랑 나물 올려 먹는 한 그릇. 우리들끼리 말로 나물챗국이라고 부른다. 워낙 나물을 좋아하는 엄마와 나는 명절음식 중에서도 나물챗국을 제일 좋아한다. 따로 제사를 챙기지 않는 우리지만, 명절에 챗국이랑 나물은 꼭 만들어 먹었다. 한 무릎을 세우고 앉아 후루룩 나물챗국을 먹는 엄마. "이렇게 먹는 나물이 제일 맛있어. 정말로." 기름진 음식들 제치고서 우리의 사랑을 담뿍 받는 국이었다.

속이 더부룩하거나 마음이 묵직한 날에는 챗국을 만들어 먹는다. 혼자 밥 먹을 때 이토록 간편하고 속 편한 음식이 또 없다. 모든 계절에 나는 챗국을 끓여 먹는다. 고백하자면 나는 한밤에 먹는 따뜻한 챗국을 가장 좋아한다. 잠들지 못하는 밤에 혼자 부엌에 나와 그릇을 꺼낸다. 따뜻하게 데운 챗국을 담고 식은 밥을 얹고서 식탁에 올린다. 옆에 숟가락과 젓가락을 가지런히 두고 김이 나는 챗국을 가만 보고 있자면 조금 뭉클해진다. 밥알을 국물에 저어 후후 불어 천천히 떠먹는다. 따뜻하지만 선선한 기운이 스민다. 볼그스름한 손톱을 내려다보며 배시시 웃던 초여름 저녁, 할머니와 엄마와 마주 보고 앉아 먹던 자그마한 밥상이 생각난다. 마음도 볼그스름하게 물든다. 순한 위로. 한밤에도 외롭지 않다.

아랫집이랑 나눠 먹으렴

김치

"깍두기 한 자루랑 배추김치 열 포기 담갔단다. 다섯 포기씩 나눠 보내니까, 절반은 아랫집 언니 가져다주렴."

엄마가 김치를 보낸다고 전화가 왔다. 당연히 남동생에게 나눠주라고 할 줄 알았는데 예상치 못한 이름이 나와서 갸웃했다. 엄마는 말했다. "언니 만삭이라며. 그맘땐 먹고 싶은 거 꼭 먹어야 한다."

아마도 전에 해준 이야기 때문인 것 같았다. 출산을 앞둔 아랫집 언니가 놀러 왔다. 평소 내가 잘 따르고 의지하는 언니였다. "언니, 먹고 싶은 거 잘 챙겨 먹고 있어요?" 안부를 나누다가 김치 얘기가 나왔다.

"나, 김치가 너무 먹고 싶어." 언니네 집에 김치가 똑 떨어졌다고. 그동안은 양가 어머님이 보내주는 김치로 살았는데, 어머님들 건강이 나빠져서 괜히 힘들게 해드릴 것 같아 김치 얘기를 꺼낼 수가 없더란다. 그래도 김치가 너무 먹고 싶어서 믿고 먹을 만한 걸 어디서 구해야 할지 찾아보고 있다고 했다.

그 마음 알 것 같았다. 그맘땐 정말로 사무치게 먹고 싶은 음식이 있다. 나에게는 그런 음식이 엄마표 시금치된장국이었다. 밖에서 사 먹을 수 있는 맛있는 음식들이 많은데도 나는 다른 거 말고 꼭 엄마가 만들어준 된장국이 먹고 싶었다.

시금치된장국은 너무 단순해서 레시피랄 것도 없는 음식이지만 내가 만들면 그 맛이 나지 않았다. 심한 입덧 때문에 몸도 마음도 몹시 예민했던 시기. 결국은 엄마가 서울까지 올라와서 시금치된장국을 끓여주었다. 입덧 때문에 하루 한 끼도 먹지 못했던 내가 그날은 된장국에 밥 두 그릇을 뚝딱 해치웠다.

하필 김장김치가 떨어지는 시기였던지 우리집도 김치가 동나는 바람에 명절 때 엄마한테 신김치 한 통 얻어 온 게 전부였다. 엄마는 그냥 먹기에는 너무 시니까 볶아 먹거나 찌개를 끓여 먹으라고 했다. 언니에게 조금이라도 챙겨주고 싶은데 집에 있는 김치가 그것뿐이라, 혹시 신김치도 괜찮은지 물어보았다. 언니의 얼굴이 환해졌다.

"신김치 아주 좋아해. 그냥 흰밥에 신김치 숭덩
숭덩 잘라 넣고서 참기름 두르고 설탕 살짝 뿌려서
비벼 먹으면, 최고야. 진짜 맛있어."

돌아가는 언니에게 신김치 두 포기를 쥐여주었
다. 얼마 지나지 않아 사진이 도착했다. 양푼에 맛깔
나게 비벼진 김치 비빔밥. '냉장고에 김치 넣다가 냄
새 때문에 바로 비볐다. 고마워 잘 먹을게.' 언니가
그날 밥 한 끼는 행복하게 먹었겠구나 싶어 뿌듯했
다. 이 이야기를 엄마랑 통화할 때 했더랬다. 그날로
엄마는 김치를 담갔다.

"그맘땐 먹고 싶은 거 꼭 먹어야 해."

엄마에게도 그런 음식이 있었다고 했다. 엄마가
나를 가졌을 땐 입덧이 정말로 심했다고. 그때 엄마
는 아는 사람 하나 없는 타지에 뚝 떨어져 살림집을
차린 새댁이었는데, 임신하고 잘 챙겨 먹기는커녕
주변에 챙겨주는 이 하나 없어서 날로 야위어갔다고
했다. 하루는 보다 못한 옆집 할머니가 미숫가루 한

사발을 만들어줬단다. 보리로만 손수 빻아 만든 미숫가루를 설탕 듬뿍 넣고 큰 사발에 하나 타줬는데, 엄마는 그때 먹은 미숫가루 맛을 평생 잊을 수가 없다고 했다.

"그 한 사발이 전부였어. 지금 같으면 그 할머니한테 물어서 구해 먹었을 텐데, 그때는 엄마가 낯선 곳에서 소통하는 게 서툴고 어려운 새댁이라서 더 달란 말을 못했어. 그냥 고맙습니다, 인사하는데 울 뻔했다니까. 그때 그 맛…. 지금도 잊을 수가 없다."

엄마가 그랬다. 그맘때 정말 먹고 싶었던 맛있는 음식을 먹으면 그 기억이 평생을 간다고. 엄마에겐 그게 보리 미숫가루였고, 나에겐 시금치된장국이었다. 아랫집 언니에겐 김치였으면 좋겠다.

살면서 한 번이라도 이런 음식을 만나본 사람은 알 것이다. 특별할 것 없는 음식이 평생 기억에 남은 이유가 단순히 맛 때문만은 아니라는 걸. 어떤 음식은 손으로 만드는 위로 같다. 재료를 구하고 씻고 다듬고 만들어 전하는 수고로움과 누군가를 걱정하고 아끼는 마음이 한데 섞인 맛깔스러운 위로. 그런 음식을 입으로 넘겼을 때 나는 처음으로 미음을 먹어본 아기처럼 살아갈 힘을 얻었다. 그저 고맙습니다, 인사하며 울 것 같은 마음으로 그릇을 깨끗이 비웠다. 세상에는 이런 음식도, 이런 위로도 있다.

"새댁한테 김치 갖다줘. 김치통에 나눠 담을 때, 김칫소가 접힌 부분을 위로 두어야 해. 괜히 휘적거리다가 거꾸로 담아버리면 맛이 없다. 무슨 말인지 알겠지? 요즘 배추가 별로라서 맛은 없다만, 그냥 푹 삭혀서 맘껏 먹으라고 하렴."

엄마는 따따부따 말이 많았다. 언니에게 우리 엄마 잔소리를 그대로 전해주고 싶었다. 나는 이런 우리 엄마가 좋았다. 나도 엄마처럼 손 크고 마음 큰 사람이 되어야지 생각하며 엄마의 김치를, 아랫집 언니랑 맛있게 나눠 먹었다.

# 할머니는 꿈에서도 고등어를

고등어

고등어 굽는 냄새는 저녁을 데리고 왔다. 목덜미에 서늘한 바람이 불면 어디선가 치글치글 소리가 나는 것 같은 구수한 탄내가 풍겨왔다. 손바닥에 묻은 흙을 훌훌 털고 일어나 멀거니 올려다본 하늘은 홍시를 으깬 듯 붉어지고 있었다. 집으로 돌아갈 시간이었다.

그 시간의 공기는 어쩐지 쓸쓸해서 당장에 엄마가 보고 싶어졌다. 한달음에 집으로 달려가던 똑단발의 볼 빨간 여자아이. 그 아이는 나이기도 나의 엄마이기도 했다. 집에 들어서는 순간, 가을이었다. 낙엽더미를 바작바작 밟으며 뛰어온 발소리 같기도, 타닥타닥 낙엽을 태우는 불티 소리 같기도 한 고등어 굽는 소리가 들렸다. 아니, 그런 소리 같은 냄새가 진동했다. 사람 사는 집에는 음식 냄새가 풍겼다. 우리 집에는 날마다 생선 굽는 냄새가 났다. 나는 집안 곳곳에 모조리 밴 굴터분하고 비릿한 바다 냄새를 좋아했다. 나를 먹이고 키운 냄새였다.

할머니 엄마 나에 이르기까지, 우리 집안 저녁 밥상에는 날마다 고등어가 있었다. 할머니는 가장 따뜻한 고등어를 먹이기 위해 가장 늦게 가스레인지 불을 끄고, 가장 나중에 고등어를 밥상에 올렸다. 촌스러운 꽃무늬가 그려진 양은밥상 위에, 고등어의 자리는 언제나 한가운데. 반찬이 얼마 없어도 노릇노릇한 고등어만으로 근사한 밥상이 차려졌나.

할머니, 배고파요. 숟가락을 땡그랑거리며 안달하고 있자면, 할머니는 자리에 앉자마자 젓가락 꼿꼿이 들고 등을 갈라 맨손으로 가시를 발라주었다. 두툼한 고등어 살점 하나 집어서 수북이 뜬 내 밥숟가락 위에 먼저 올려주었다. 나는 한입에 와앙 먹었다. 허기졌던 마음에 짭조름한 바다가 밀려오는 듯했다. 언젠가 할머니가 말해주었던 저녁의 기분이란 게 이런 걸까. 차고 짠 바다에서 온종일 물질하다가, 뭍으로 올라와 낙엽을 태우는 불을 쬐는 기분. 비로소 무사히 돌아온 기분이 들었다.

"엄마, 우리는 고기를 먹은 적이 별로 없었던 거 같아. 어째서 고등어 구워 먹은 기억밖에 없지?"

"육고기는 비싸기도 비쌌고 식구들이 별로 좋아하지도 않았어. 우리집에선 고등어가 고기였지. 고기 꿔 먹자 하면 고등어였지 뭐."

엄마 말마따나 집에서 돼지고기나 소고기 같은 육고기를 먹은 적이 별로 없다. 곰국이나 닭백숙 정도만 가끔 먹었지. 우리집에선 고등어를 고기라고 불렀다. 바다에서 멀리 떨어진 산골에 살 때에도 밥상에 올랐던 고기는 언제나 고등어였다. 만물트럭이 올 때마다 엄마는 반갑게 뛰어나가 간고등어 몇 손씩을 사두고는 날마다 구워주었다.

엄마는 그렇게 말하지만 날마다 고등어 고기가 우리집 밥상에 올라왔던 이유, 사실은 육고기를 좋아하지 않아서가 아니라 넉넉지 않은 집안 형편 때문은 아니었을까 짐작한다. 나중에서야 듣게 된 "너는 아기 때 쇠고기 이유식 한 번을 못해줘서 미안했지."라던 엄마의 속엣말이나 "울 엄마는 나이 먹어서도 삼겹살 바싹 구워 쌈 싸 먹는 걸 젤로 좋아했지."라던 이모들 말을 들어보면 그렇다. 사실 할머니도 엄마도 육고기를 좋아했었는데 형편에 제일 만만한 고기는 고등어였기에 날마다 구워주었던 게 아닐까 하고. 아무튼 고등어는 엄연한 고기로서 우리집 밥상을 지켜왔다. 그리고 나는 깨끗한 마음으로 고등어 고기를 가장 좋아한다.

굽고 삶고 끓이는 것도 집집마다 다 다른 것이 집밥이다. 할머니와 엄마, 이모들을 아우르는 우리 집안의 음식들은 거침없는 손길로부터 만들어졌다. 손끝이 야무지고 손이 빠른 할머니와 엄마는 바람결에 노 젓듯 막힘없이 요리를 했다. "오늘 뭐 먹을래?"가 아니라 "오늘 이거 해 먹자."로 요리를 시작해 툭툭 쓱쓱 재료를 손질하고 두어 개의 음식을 동시다발적으로 만들었으며 주저함 없는 과감한 손길로 간을 했다. 끓는 찌개조차 후후 불어 간 보는 일이 없고 뒤집개를 사용하는 일도 없었다. 모든 것이 단번에, 한 손에 이루어졌다.

무언가를 구울 때에도 좀 우악스러운 면이 있었다. 나는 세상에 부드러운 반숙 달걀프라이도 존재한다는 걸 바깥 음식을 먹어보고서야 알았다. 우리 집에선 기름을 찰방하게 두르고 처음부터 끝까지 센불에 치글치글 튀기듯이 달걀프라이를 했다. 가장자리는 노릇노릇하게 갈색 띠를 두르고 노른자는 바싹 익은 달걀프라이가 밥상에 올라왔다.

고등어도 마찬가지였다. 할머니와 엄마의 손을 거친 고등어는 거뭇할 정도로 바싹 구워져 껍질이

김부각처럼 바작바작 씹힐 지경이었다. 그런데 정말이지 희한한 건 이렇게 뚝딱 차린 음식들이 죄다 맛있었다. 할머니와 엄마가 지어준 밥상을 떠올리면 치글치글 바작바작하고 시끌벅적한 소리가 들리는 것 같다.

할머니가 돌아가시고 얼마 후에 꿈을 꿨다. 꿈속의 나는 버스를 타고 있었다. 주위를 둘러보다가 시큰해졌다. 버스에는 내가 사랑했던 사람들, 미안했던 사람들, 챙겨주고 싶었던 사람들, 다시는 만나지 못하는 사람들이 앉아 있었다. 우리는 버스를 타고 어디론가 가고 있었다. 창밖으로 눈 쌓인 바닷가가 보였다. 그런데도 우리는 따뜻하다고 느꼈다.

버스가 멈춰서고 나는 먼저 버스에서 내려 익숙한 산비탈을 걸어 올라갔다. 할머니 집이 나타났다. 마루에 널찍한 상이 펼쳐져 있고 할머니가 자주 해주었던 음식들이, 내가 정말로 좋아했던 음식들이 옹기종기 차려져 있었다. 밥상 한가운데에는 언제나처럼 구운 고등어가 있었다. 노릇노릇 바싹 구워진 먹음직스러운 고등어였다.

"애기야, 왔나."

할머니 목소리가 들렸다. 돌아보니 조그만 할머니가 자글자글 웃으며 서 있었다.

"할머니."
"배고프재이. 다들 와서 먹으라 해라."

사람들을 데리고 왔다. 우리는 동그랗게 둘러앉아 밥을 먹었다. 이유는 모르겠지만 밥을 먹으며 나는 사람들에게 연신 미안하다고 했고, 사람들은 나에게 내내 고맙다고 했다. 할머니는 우리를 흐뭇하게 지켜보며 더 먹으라면서 일일이 밥그릇에 밥을 퍼주셨다.

"할머니, 안 아파요?"
"응. 인제 아무래도 괜찮다."
"할머니 밥이 먹고 싶었어요."
"많이 먹으라. 그리고 항시 집에 사람이 들락카게 해라. 그래야 복두 같이 들온다."

나는 뚝딱 비운 밥공기를 또 내밀었다. 할머니는 히 웃었다. 김이 폴폴 나는 밥을 퍼주고 고등어 살을 발라 내 밥공기 위에 얹어주었다. 나는 이게 꿈이라는 걸 알았다. 알았지만 너무나 따뜻하고 행복해서 깨고 싶지 않았다. 기억하고 싶어서. 할머니를 물끄러미 바라보는데 뭉클, 눈물이 솟아서 할머니 얼굴이 흐려졌다.

"애기야, 밥 잘 챙겨 먹으라."

할머니는 당부하고 사라졌다. 잠에서 깨어나 눈가를 문질렀다. 아파서 앓던 밤이었다. 우리 할머니는 꿈에서도 고등어를 구워주네. 힘내서 밥 잘 먹고 잘 살아내야겠다고 다짐했다.

나는 고등어만 보면 할머니 생각이 난다. 밥상에서 고등어구이를 마주하면 맑고 쓸쓸한 바닷바람이 코끝에 스치는 것 같다. 이제 막 저녁이 오려는 모양이다. 할머니와 엄마에게 배운 대로 치글치글 바싹 구운 고등어를 밥상에 가장 나중에 올려야지. 젓가락으로 고등어 살을 잘 발라 맞은편 사람 밥 공기에 먼저 얹어주어야지. 나눠주고 지켜주고 싶은 마음으로.

웃음도 울음도 쉽고 다정하여

해물파전

고백하건대 명절을 좋아하지 않았다. 어릴 적 다소 엄격하던 친가에 가면 집안 여자들은 종일 전만 부쳤다. 나는 엄마 근처를 서성거리며 전 두어 개를 집어 먹다가 부쳐도 부쳐도 끝나지 않는 전더미에 질리고 기름 냄새에 질려버렸다. 제사를 지내러 온 것이라면서 정작 제사 때 여자들은 문지방을 넘지 못하고 멀찍이 떨어져 있었다.

제사가 끝나면 여자들은 다시 바쁘게 상을 차렸다. 나는 작은 상 여자어른들 사이에 앉아 밥을 먹었다. 밥그릇에 숟가락 부딪히는 소리만 조용했다. 무엇보다도 견딜 수 없는 건 맛없는 제사 음식이었다. 조상님들은 왜 이리 맛없는 것들을 좋아할까. 나는 부루퉁한 얼굴로 밥이랑 국만 조금 먹다가는 슬그머니 물러나 있었다.

속 깊은 데에서는 당연하게 여자들만 일하는 분위기가 답답했고, 정수리를 꾸우욱 눌러대는 것 같은 중압감에 은근한 반감이 들었던 것 같다. 얼른 옆마을 외할머니네 가고 싶어라. 시곗바늘만 올려다보았다.

바닷마을 산동네 중턱에 동백꽃처럼 자그마하게 피어 있는 빨간 지붕 집. 외할머니 집에 가면 내 얼굴도 발그레 피었다. 할머니는 고무 쓰레빠를 신고 문 밖에 서서 산비탈 아래를 내려다보고 있었다. 멀리서부터 가족들 머리통이 하나둘 보이고, 하이고, 왔나! 할머니 얼굴이 자글자글해질 때, 경상도 충청도 각지에서 제사를 치르고 먼 길을 달려온 이모들이 나처럼 발그레한 얼굴로 힘차게 손을 흔들었다.

"엄마!"

딸만 다섯인 딸부잣집에는 여자들이 바글바글했다. 이불 세 채만 깔아도 비좁은 집에 사람들이 꽉꽉 들어차 후끈해졌다. 이모들은 요란한 인사를 마치고 짐을 풀고서 할머니 몸빼 바지를 하나씩 나눠 입은 후에야 이제사 살 것 같다며 긴긴 여행 끝에 마침내 집에 돌아온 사람들처럼 행복해했다.

할머니 부엌이 제 손바닥 펼쳐보듯 빠삭한 이모들은 너 나 할 것 없이 팔을 걷어붙이고 후닥닥 먹을 것들을 만들었다. 여럿이 모인 자리는 늘 해 먹이는 것이 일이었다. 그것들은 여자들의 몫이었고. 하지만 제사 음식 만들던 때와는 완전히 다른 분위기였다.

"엄마! 엄마는 여 가만 앉아 있으와. 우리가 다 알아서 합주게."

"둔덕배기 타닥마당* 거그 싹 없어졌대와."

"햐. 우리 거서 깨 턴다고 만날 타닥타닥 타닥타 닥. 기언 나나 안 나나."

"우물가서 빨래한다고 타닥타닥 타닥타닥. 하이 고야. 엉가이 심드렀지와."

각지의 사투리가 뒤섞인 말투로 이모들은 옛날 이야기 레퍼토리를 콸콸 쏟아내기 시작했다. 음식을 만들다가 다방커피를 마시다가 주전부리를 먹다가, 부대껴 앉아서 시답잖은 이야기들을 후두둑 뱉으며 깔깔깔 웃고 떠들었다. 할머니의 자그만 부엌에는 싱싱한 활기가 찰방거렸다. 나도 여자라고 슬그머니

* 할머니 집 꼭대기에 있던 언덕배기. 타닥타닥 깨 턴다고 '타닥 마당'이라고 불렀다.

그 틈에 끼어서는 신이 났다.

　명절 음식이 질릴 때쯤 이모들은 땡초 팍팍 넣은 매콤한 찌개나 조림 같은 것들을 해 먹었다. 챗국을 시원하게 됐다가 나물 담아 먹기도 하고, 밥이랑 나물들 한데 섞어 맵게 비벼 먹었다. 그러다가 그러다가, 먹을 것들이 곤당곤당 떨어져갈 때쯤이면 파전을 부쳐 먹었다. 내내 부치던 전에 질릴 법도 한데 끝내도 전이었다. 결국 명절은 기승전 '전'인 것이다. 그렇지만 이모들의 전은 달랐다. 먹는 입들이 얼마든간에 덩그러니 큼직한 프라이팬 하나면 충분했다.

　달군 프라이팬에 식용유랑 들기름 섞어 넉넉히 둘러 기름 냄새가 고소하게 퍼지면 그때부터가 잔치였다. 밀가루랑 부침가루 적당히 섞은 반죽에 쪽파 송송송 썰어다 오징어 숭덩숭덩 잘라 넣어 버무린 걸 치이이익 올려 부쳤다. 지글지글 지글지글. 그 소리가 어찌나 들썩거리는지 마음이 두둥실 들떴다.

　새콤한 초간장에 보름달 같은 파전 하나. 노릇노릇 얼마나 먹음직스럽게 예쁜지 모른다. 갓 부친 해물파전 젓가락으로 죽죽 찢으면 뜨거운 수증기가 푸후 퍼져나갔다. 허기진 젓가락들이 여기저기서 달려들어 곰방 사라지고 말지만, 아무렴 어때. 다시 부치면 되지. 놀다가 부치다가 먹다가 웃다가. 우리는 해 뜬 시간을 그렇게 보냈다.

제일 맛있는 가장자리 파전은 한입 베어 물면 바삭했다가 아삭해진다. 아삭아삭 쪽파 뒤에는 쫄깃한 오징어가 씹히는데, 정신없이 우물거리고 있노라면 초간장이랑 들기름 맛이 뒤섞여 새콤하니 간간하면서도 고소한 맛에 아득해지는 것이다. 얼른 더 먹고 싶은데 딱 한 장씩만 부치니 입을 우물거리면서도 익어가는 파전에서 눈을 떼지 못했다. 바삭한 가장자리만 뜯어 먹는 애들한테도 군소리 않고 많이 먹어라, 먹고선 쑥쑥 커라, 하던 이모들의 웃음 밴 목소리가 좋았다.

이모들이랑 부쳐 먹던 전은 해물파전일 때도, 부추전일 때도, 김치전일 때도, 감자전일 때도 있었다. 다 같이 부쳐 먹던 전에 대한 기억은 언제나 지글지글 즐겁고 고소했다. 부엌에서 일만 하던 지겨운 명절 끝에, 이제 그만할란다 손바닥 탈탈 털고선 그제야 한숨 돌리고 지글지글 부쳐 먹던, 이모들의 전은 그런 홀가분한 음식이 아니었을까.

* * *

우리집 여자들과 함께했던 내 생애 제일로 재밌었던 명절을 고백할까 한다. 나는 아홉 살이었을 것이다. 배부르게 먹었겠다 이모들은 부엌을 싹 치우고는 작은 방에 모여들었다. 어쩐 일인지 화장을 곱게 하기 시작했다. 서로 얼굴 봐주고 그려주며 까르르 수다 떠는 동안 금세 딴 사람이 되었다. 다들 예쁘게 차려입고선 할머니도 단장해주고 내 머리도 새침하게 꽉 올려 묶어주고는 너도 여자니까 같이 가야 한다고 내 손을 잡아끌었다. 그렇게 보름달이 두둥실 뜬 밤에 여자들끼리 손잡고 우르르 노래방엘 갔다.

그런데 그 노래방이 좀 이상했다. 지금 돌이켜보면 늦은 밤에만 영업하는 성인노래방이 아니었나 싶다. 술도 못 마시는 여자들이 커다란 방을 빌려서 그날은 맥주 소주에 과일안주까지 시켰다. 깜깜하고 정신없는 와중에 갑자기 이모들이 여자애들처럼 꺄아 소리를 질렀다. 노래방 화면에 벌거벗은 여자들이 나오고 있었다. 나는 눈이 휘둥그레졌다. 너무 놀라 돌멩이처럼 굳어버린 내 뒤통수를 엄마가 와락 껴안으며 소리쳤다. "에이 몰라! 애기야, 목욕탕 왔다고 생각해. 우리 그냥 놀자!"

할머니 몸뻬 바지 나눠 입고 전 부치던 엄마와 이모들이 새빨간 '립스틱 짙게 바르고' 각자 자기 십팔번을 부르기 시작했다. '비 내리는 호남선 남행열차'를 타고 '미워하는 미워하는 미워하는 마음 없이, 아낌 없이 아낌 없이 사랑을 주기만' 하다가 '아름다운 죄 사랑 때문에 홀로 지샌 긴 밤'을 노래하다가 '보내주는 사람은 말이 없는데 떠나가는 남자가 무슨 말을 해' 원망하다가 '어쩌다 한 번쯤은 생각해줄까 지금도 보고 싶은 그때 그 사람'을 또 사랑하고야 마는 이모들.

이모들의 산전수전 농밀한 사랑가 사이에서 나는 '쓰라린 가슴 안고 오늘 밤도 그렇게 울다 잠이 든다'고 개똥벌레의 슬픔을 노래하는 아홉 살 어린이였고, 할머니는 '부딪치는 파도 소리에 단잠을 깨 보니 들려오는 노 젓는 소리가 처량도 하구나' 바다에서 돌아올 때마다 불렀던 뱃노래를 구슬피도 불렀다. 피날레는 우리집 카나리아 왕이모, 첫째이모의 노래.

둘이서 거닐던 일백구십사 계단에
즐거웠던 그 시절은 그 어디로 가버렸나
잘 있거라 나는 간다 꽃피던 용두산아
아 용두산 엘레지

　나는 그리도 구슬픈 〈용두산 엘레지〉를 들어본
적이 없다. 왕이모는 노래를 부르다가 목이 메어 훌
쩍훌쩍 울었다. 우리집 여자들은 웃음도 울음도, 몹
시도 쉽고 다정하게 나누는 사람들. 이상하고 야하
고 촌스럽고 구슬프기 짝이 없는 노래방에서 이모들
은 서로를 부둥켜안고 훌쩍이며 노래를 불렀다.
　하나씩 읊어보면 이런 절절한 사연도 없지 싶을
정도로 신산했던 이모들의 삶. 엄마의 삶. 할머니의
삶. 나는 그들의 슬픔과 포옹을 지켜보던 작은 사람
이었다. 그러니 기억해야지. 엉엉 울지도 못하고 소
맷부리로 눈물 꾹 찍어내며 나를 키운 여자들을.
　슬픈 일에도 웃을 수 있고 기쁜 일에도 울 수 있
는 것. 기꺼이 같이 울어줄 수 있는 것. 그럴 수도 있
지 헤아려보는 것. 심각하다가도 툭툭 털고 일어나
밥을 먹는 것. 내가 지어 내가 먹는 것. 나눠주는 것.

힘차게 껴안아주는 것. 씩씩한 것. 내가 가진 기질들
은 모두 우리집 여자들에게서 배운 것들이었다.

　　외할아버지가 돌아가시고 이듬해 추석이었다.
　　다 커서 돌아보니 그건 웃음도 울음도 쉽고 다
정했던, 우리집 여자들만의 위로였다.

김 하나에 행복했지
김

"엄마는 어렸을 때 제일루 맛있는 음식이 뭐였어?"

"김!"

엄마는 고민도 않고 단번에 외쳤는데 그게 겨우 김이라서, 나는 푸시시 다른 의미로 김빠진 마음이 되었다. 바닷가에는 생선이며 미역이며 싱싱하고 맛난 것들이 지천인데, 제일 맛있는 음식이 고작 김이라니. 이해할 수 없다는 얼굴로 찌푸리고 있자니 엄마가 웃으며 눈을 흘긴다. "네가 할머니 김을 안 먹어봐서 그래."

이른 해가 하늘 높이 떠오르면 또뜻하게 데워진 바위 위로 할머니는 올라갔다. 볕에, 돌에, 찬 몸을 데우면서도 할머니는 손을 쉬지 않았다. 전복껍데기를 꺼내 바위에 붙은 김을 살살살 긁어냈다. 어린 엄마도 할머니 곁에 쪼그려 앉아 같이 김을 긁고는 했다고.

"전복껍데기로 김을 긁잖아? 그럼 찰찰찰찰 소리가 나. 엄마는 그 소리를 아직도 기억해. 파도가

바위에 철썩철썩 부딪치고 할머니 전복껍데기는 챨
챨챨챨 움직이고. 엄마는 그 소리를 좋아했어. 그게
참 노래 같잖아. 세상 부지런한 노래."

　나도 어떤 다큐멘터리에서 어촌 아낙들이 바위
에 올라 김을 긁는 장면을 본 적이 있다. 하지만 들
리는 소리까진 신경 쓰지 않았던 것 같다. 챠캉챠캉
했던 것 같기도 하고. 챨챨챨챨 했던 것 같기도 하
고. 그 소리를 좀 주의 깊게 들을 걸, 기억해둘 걸 싶
었다. 하기야 세상 부지런한 노래는 모르는 사람은
들을 수 없는 노래일 테니.
　한 바가지 긁어낸 김은 집에 가져와 여러 번 헹
군다. 마당에 커다란 발을 깔아두고 물을 꾹 짠 김을
네모나게 펼쳐놓는다. 하루이틀 마당 볕에 말린다.
보채고 싶은 시간이 더디게 지나고 나서야, 바삭한
김이 만들어진다.

　김이 마른 날은 흰밥을 지어 공기에 꾹꾹 눌러
담고서 밥상에 둘러앉았다. 할머니는 손으로 대충
찢은 김을 그릇에 수북이 올렸다. 참기름도 소금도

간장도 필요 없지. 아무것도 간하지 않은 바싹 말린 김에 갓 지은 흰밥 한 숟갈 싸서 먹으면! 엄마는 배시시 웃었다. 할머니의 김. 세상에서 그 김이 제일 맛있었지. 이제는 먹을 수 없어서 더 맛있는 걸지도 몰라.

"이상하지. 먹을 수 없는데 맛있다니. 맛있는데 먹을 수 없다니. 그럴 줄 알았으면 많이 많이 먹어둘 걸 그랬지 뭐야."

김 하나에 행복했을 어린 엄마를 떠올리면 김 하나에 행복했던 어린 나도 떠오른다. 어린 시절 겨울이면 눈이 무릎까지 푹푹 쌓이던 산골에 살았다. 겨울에 엄마는 자주 김을 구웠다. 엄마가 바닥에 신문지를 깔고 김 묶음을 풀면 우리 남매는 조로로 엄마 곁에 가 앉았다. 엄마는 김에다 참기름을 바르고, 참기름 바른 김은 우리 앞으로.

"싸락눈 내리듯이 솔솔솔 뿌려야 한다."

엄마 말대로 우리는 소금을 한 꼬집씩 집어 김 위에 솔솔솔 뿌렸다. 희끗한 소금 눈이 날리는 것 같았다. 소금 뿌린 김은 엄마가 프라이팬에 살살 구워 주었다. 구운 김이 낙엽처럼 쌓이면 그렇게나 먹고 싶어서 군침이 돌았더랬지.

긴긴 겨울밤 동생과 나는 자주 배가 고팠다. 그럼 엄마는 한밤중에 넓적한 접시에다 뜨거운 밥이랑 김을 수북이 얹어 왔다. 우리 남매는 이불을 둘둘 말고 앉았다. 엄마는 요를 걷고 뜨끈해진 방바닥에 접시를 놓아두고 밥에 김을 싸주었다. 우리는 제비새끼마냥 입을 벙긋 벌리고서 고걸 날름날름 받아먹었는데, 엄마가 싸주는 족족 먹어치워서 순식간에 그 많던 밥이 다 사라져버렸다. 엄마가 좋아하는 시, 백석의 「나와 나타샤와 흰 당나귀」의 구절을 빌려보자면 이런 풍경.

밖에는 눈이 푹푹 나리고, 우리는 김 하나에 행복했지.
우리는 그날 밤이 좋아서 응앙응앙 웃었다.

우리집 아이들 밥상에도 언제나 김이 놓여 있다. 아이들은 온 군데 김가루를 묻히고 김을 먹는다. 아이들이 배탈이 나거나 아파서 입맛이 없을 땐 엄마가 그랬듯이 나는 갓 지은 흰밥과 김을 꺼낸다. 엄지와 검지로 김을 통통 튕겨 소금을 털어내고 흰밥을 한 숟갈 떠서 후후 불어 식힌다. 기운 없던 아이들도 이럴 땐 초롱초롱해져서 밥만 쳐다보며 벙긋벙긋 보챈다. 흰밥에 김을 싸서 입에 넣어준다. 쌓인 눈 치우듯 순식간에 사라지는 밥. 녀석들. 밥이 달지? 부모 마음일랑 자식들 입에 밥 들어갈 때가 천국이라더니. 오물거리는 아이들에게 물어본다.

"얘들아, 뭐가 제일 맛있어?"
"김!"

그 단순하고 우렁찬 대답에 나는 갓 지은 흰밥처럼 따끈하게 웃고 만다.

# 곰국 꼬아내듯이 폭 꼬아내야 해

미역국

한 번쯤 그런 생각해보지 않나. 딱 하루만 살 수 있다면 마지막 만찬으로 무얼 먹고 싶은지. 나는 고슬고슬 밥 지어 노릇하게 구은 고등어랑 잘 익은 김치 올리고, 폭 끓인 미역국 따끈하게 담아 밥상을 차리고 싶다. 가족들과 동그랗게 모여 앉아 맛있게 먹었으면 좋겠다. 그렇다면 더할 나위 없이 배부르고 따뜻할 것 같다. 고등어만큼이나 미역국을 좋아한다.

그토록 좋아하는 음식이라기엔 미역국 생김새는 참으로 볼품없다. 탁한 청록색 국물에 검푸른 미역뿐. 종종 고기나 생선, 마늘 건더기가 있긴 하지만, 그것들조차 그리 근사해 보이진 않는다. 그러나 나는 미역국에서 할머니의 바다를 본다. 해초가 너울거리는 짙고 탁한 바닷물. 그 아래를 헤엄치며 할머니가 가장 많이 잡아 온 건 미역이었다.

봄바람 불어오는 미역철이면 바닷마을이 온통 들썩거렸다. 할머니는 그때가 제일 바빴다. 일찍이 일어나 배를 타고 바다에 나가서 미역을 뜯었다. 성게 망사리보다도 굵은 그물로 짠 아주 커다란 망사리에다가 미역을 가득가득 실어 오면, 동네 사람들이 죄다 나와서 일을 나눴다. 한쪽에서는 미역을 이고 지고 옮기고, 한쪽에서는 미역을 빨고, 한쪽에서는 미역을 널었다. 그리고 한쪽에서는 커다란 솥에 불을 지펴 미역국을 끓였다. 집집마다 아이들까지 붙어서 일을 도와야 했을 정도로 미역철에는 온 동네가 떠들썩했다.

"미역철에는 물질만 하면 끝이 아니야. 물먹은 미역 찬물에다가 옮기고 굵은소금 뿌려 대여섯 번은 빡빡 치대고 빨아야 깨끗하고 부드러워져. 깨끗하게 빤 미역은 물기 꽉 짜서 빨래 열듯이 하나하나 빨랫줄에 여는 거지. 그렇게 바닷바람에 꾸덕하게 말려서 내다 파는 거야. 혼자서는 절대 못하지. 해녀들이 미역을 해 오면 동네 사람들이 너나 할 것 없이 나와서 다 도왔단다. 엄마는 정말이지 봄바람이 제일 싫었어. 바닷바람은 겨울보다 봄에 더 힘들거든. 어찌나 세차고 춥던지 절로 눈물이 막 삐져나왔다니까. 그렇게 고되고 바쁜데 밥 차려 먹을 정신이 어딨겠니. 다 같이 미역국 한 솥 짜갑게 꼬아서 나눠 먹고 그랬지. 다들 일이 힘드니까, 사는 게 힘드니까 짜갑게 먹어야 버텼어. 바다선 짠맛이 사는 힘이야."

엄마 이야기를 들을 때마다 구불구불한 할머니네 마을에 미역을 이고 지고 나르고 빨고 널고 끓이는 조그맣고 성실한 사람들이 내려다보이는 것 같았다. 서로서로 도와가며 사이좋게 나누던 바닷마을 사람들. 종일 바깥에서 일하다가 미역국 한 솥 끓여 한 그릇씩 나눠 담고 훌훌 밥 말아 김치랑 후루룩 먹는 풍경이, 일은 고되지만 짭짤하고 푸근한 잔칫집 같다.

들기름에 달달 볶지 않아도, 생선이나 소고기를 넣지 않아도, 다진 마늘도 쓰지 않고 소금 간도 하지 않아도, 갓 뜯은 미역을 미역귀까지 통째로 넣고 끓이면 사골뼈처럼 뽀얗게 국물이 우러났다. 미역 본연의 맛이 그렇게나 맛있었다고 엄마는 줄곧 그리워했다. 그래서인지 대대로 전해오는 할머니와 엄마의 당부.

"미역국은 말이야. 곰국 꼬아내듯이 무조건 폭 꼬아내야 해."

반드시 '꼬아낸다'고 말하는 할머니와 엄마 특유의 악센트가 나의 꼬로록한 허기를 탁 때린다. 미역국이란 자고로 곰국 꼬아내듯이 푹 꼬아내는 것이 우리집 미역국 비법. 그 시절 커다란 솥에다가 미역이랑 집된장만 넣고서 폭 꼬아 먹던 미역국이, 몇 날 며칠 찌개처럼 짭짤하게 꼬아 먹던 미역국이, 우리집 미역국이 되었다. 생긴 걸로 치자면 젤로 못생긴, 뻑뻑하고 거무죽죽한 된장미역국이었다.

까닭은 모르겠지만 미역국에선 그 집 고유의 맛이 난다. 똑같이 미역 달달 볶아 끓인 국인데도 집집마다 맛이 다 다르다. 그 안에 들어간 재료들이 다르고, 또 얼마나 많이 볶느냐, 얼마나 많이 넣느냐, 얼마나 많이 끓이느냐에 따라 묘하게 맛이 달라진다. 유래부터 남다른 우리집 미역국은 소고기나 우럭이나 조개가 주인공이 아니라, 오로지 미역.

우리집 미역국은 엄마의 무심한 손길과 긴긴 시간으로 만들어졌다. 불린 미역을 들기름에 달달 볶다가 쌀뜨물 붓고 굵은 멸치 툭툭 던져 넣고 된장 풀고서 약불에다가 몇 시간 폭 꼬아낸다. 그러면 뻑뻑하고 걸쭉한 찌개 같은 된장미역국이 밥상 위에 찰 방 놓인다. 거기다 밥 말아 먹으면 몇 날 며칠 먹어도 질리지 않았다. 아무튼 나는 할머니와 엄마의 미역국을 먹으면서 매일이 생일인 어린이처럼 기쁘고 튼튼했다지.

아이들을 낳고 모유수유를 하던 1년 동안은 미역국을 주식으로 먹었다. 임신했을 때도 자주 끓여 먹었으니까 그해에는 못해도 1,000그릇은 넘게 먹었을 것이다. 모유수유 할 때는 맵고 짜게 먹으면 안되니까 담백한 소고기 미역국을 먹었다. 그 역시도 엄마의 방식으로 뭉근히 폭 꼬아낸 미역국이었다.

내가 쌍둥이를 낳던 날, 엄마는 오지 않았다. 어차피 조리원으로 바로 갈 것이었고, 겨우 얼굴 한 번 보려고 왕복 여덟 시간이나 걸리는 먼 길을 엄마가 오가는 게 마음에 걸렸다. 게다가 엄마는 날마다 바쁘게 엄마의 일을 하고 있었다. 남들이 어떻게 생각하든 상관없었다. 우리는 서로의 마음만 확인하기로, 서로의 바쁜 날들 잘 보내고 반갑게 만나기로 했다. 그때 엄마가 해준 말이 마음에 남았다.

"딸. 서운하게 생각하지 말고 들어. 엄마는 엄마의 일이 있어. 엄마의 삶을 살아야 해. 힘들겠지만 너는 잘 해낼 거야. 봄바람에 처음 딴 미역도 여러 번 치대고 빨아야 부드러워진단다. 당장은 힘들어도 키우다 보면 나름의 요령이 생기는 법이야. 너는 이제 엄마가 된 거야. 마음 단단히 먹고 강해져야 한다. 사랑한다, 딸. 애기야."

아이들을 낳고 50일쯤 지나서야 엄마는 올라왔다. 바리바리 챙긴 반찬들이랑 짯짯한 마른미역을 한아름 들고서. 집에 도착한 엄마는 나와 아이들을 와락 안아주고는 곧장 부엌으로 향했다. 그리고 사위를 불렀다. 엄마의 미역국 레시피를 전수받은 사람은 내가 아니라 남편이었다. "이맘땐 남이 해준 밥이 제일 맛있단다. 사위가 조금만 고생해서 끓여줘." 엄마는 사위를 불 앞에 불러 세우고는 미역국 끓이는 법을 전수해주었다. 미역을 물에 불리는 법, 들기름에 달달 볶는 법, 그리고 약한 불에서 은근히 오래 끓이는 법.

"미역국은 곰국 꼬아내듯이 무조건 폭 꼬아내야 해."

덕분에 아이들 낳고 나서 먹은 미역국은 모두 남편이 끓여줬다. 장모님 레시피를 전수받아 폭 꼬아낸 미역국. 그렇게 남편이 한 솥 끓여놓고 출근하면 나는 매 끼니 챙겨 먹었다. 따뜻한 미역국을 먹을 때마다 어쩐지 마음까지 몽글몽글해졌다. 누군가 나를 위해 끓여준 미역국에는 오래오래 폭 꼬아낸 무언가가 들어 있었다.

아이들이 세 번째 생일을 맞이했다. 나는 이른 아침에 의식을 치르듯 조용히 미역국을 끓였다. 바다 깊은 곳에서 너울거리던 미역이 따뜻한 미역국 한 그릇이 될 때까지는 여러 손의 정성과 시간이 깃든다. 문득 할머니와 엄마, 엄마와 나, 나와 아이들로 이어진 긴 인연이 새삼스러웠다. 이상하고도 아름다웠다. 한소끔 부르르 끓인 국을 뭉근히 데우느라 국자로 천천히 휘저으며 나는 어떤 이름들을 생각했다. 그리고 마음속으로 하나하나 이름을 불러주었다. 갓 지은 밥과 함께 이 국을 먹이고 싶은 사람들이 나에게는 있었다.

미역국에는 분명 무언가가 들어 있었다. 특별하거나 평범한 우리의 모든 날에, 우리를 낳고 키우고 살린 그 맛. 오랜 시간 푹 꼬아낸 그 맛. 다름 아닌 사랑의 맛이었다.

# 서서 밥 먹다가 엄마에게 혼난 날

고등어조림

아이들이 태어나고 24개월째, 그러니까 2년 동안 나는 부엌에 서서 밥을 먹었다. 우리 집은 거실과 부엌이 붙어 있는 구조인데 공간이 좁아서 따로 식탁 놓을 자리가 없었다. 조리대 겸 수납장 용도로 기다란 아일랜드 식탁 하나 들여놓은 게 전부였다. 아이가 없었을 땐 좌식 테이블을 거실에 두고 썼다. 하지만 아이 둘이 태어난 후로 테이블은 치우고 놀이 매트를 깔았다. 테이블이 없어진 거실에서, 아이들은 아기용 식탁의자에서, 나는 아일랜드 식탁에서 밥을 먹었다. 식탁 하단은 수납장이라 의자를 둘 수가 없기에 그냥 서서 밥을 먹기 시작했다. 당분간만 이렇게 생활하자고 한 것이 2년이나 되었다.

엄마의 식사시간. 국에 밥 말아 먹거나 반찬통 몇 개 꺼내 대충 먹는다. 먹는 도중 아이들이 보채면 안아들거나, 식탁 위에 앉혀두고 밥을 먹는다. 밥그릇과 반찬통에 조그만 손가락들이 달려든다. 하는 수 없이 젓가락 내려놓고 달래고 놀아주다가 다 식은 밥을 먹는다. 누가 본다면 측은한 모습일 테지만 사실 그런 걸 생각할 겨를도 없이 후루룩 밥 먹기 바쁘다. 무사히 끼니라도 챙겨 먹을 수 있다면 다행일

뿐. 누군가는 이런 나를 보고 참 별난 엄마라고 생각할지 모르겠다. 그런데 나는 나처럼 서서 밥 먹는 엄마들을 꽤나 많이 알고 있다. 네 명이 사는 집 한 채에 엄마는 온전히 밥 한 끼 먹을 장소가 하나 없었다.

하루는 엄마가 올라왔다. 장을 잔뜩 봐 온 엄마는 한나절 부엌에만 머물러 있었다. 좀 쉬라고 말려도 엄마는 요리하느라 바빴다. "너는 네 새끼 챙겨라, 나는 내 새끼 밥이 더 중요하다."며 엄마는 불고기를 재워두고 고등어조림과 된장국을 만들었다.

아이들 밥 먼저 챙기고 이제 엄마랑 밥 먹을 시간. 여느 때처럼 아일랜드 식탁 위에 반찬을 놓았다. 엄마는 그런 나를 빤히 보다가 물었다.

"밥상은 어딨어?"
"애들 위험해서 치웠어."
"그럼 밥은 어디서 먹어?"
"여기서 먹으면 돼."

엄마가 못마땅한 얼굴로 다시 물었다.

"의자는 어딨어?"

"없는데."

"그럼 서서 먹으라고?"

"응. 애들 때문에 어디 앉아서 먹기 힘들어. 우리 그냥 여기서 대충 먹자."

나는 웃으며 대답했다. 그리고 가지런히 수저를 놓는데… 별안간 엄마가 소리를 빽 질렀다.

"누가 서서 밥 먹으래!"

사람이 밥은 제대로 먹어야지. 너 누가 서서 먹으라던. 애엄마라도 밥은 밥답게 먹어. 엄마에게 호되게 혼이 났다. 아차 싶었다. 나는 이게 일상이 된 나머지 이상한 일이란 걸 잊고 있었던 것이다. 엄마에게 "밥상 차렸으니 서서 드세요." 하는 딸이 어디 있을까. 엄마는 그게 기막히기도 했지만 딸이 맨날 서서 밥 먹는단 사실이 무척 속상했던 모양이었다.

결국 치워두었던 좌식 테이블을 낑낑 들고 와 냉장고 앞에 놓았다. 위이잉 돌아가는 냉장고 소리 들으면서 엄마랑 마주 앉았다. 훼방 놓는 아이들 어르고 달래며 엄마가 지어준 밥을 먹었다. 내가 좋아하는 무가 잔뜩 깔린 고등어조림과 엄마가 가져온 된장으로 끓인 두부된장국. 엄마는 가시 바른 고등어 살을 내 밥 위에 올려주었다. 어찌나 짭조름하고 뜨거워서 속이 다 뭉근하던지. 잊지 못할 식사였다.

엄마가 말했던 '밥을 밥답게 먹는 일'이란 뭘까 생각했다. 돌이켜보면 부엌에 서서 혼자 밥 먹는 동안 나는 한 번도 밥이 맛있다고 여겨본 적 없었다. 조급하고 불편하게 먹는 밥은 맛이 없었다. 아니, 맛이라는 걸 음미할 여유조차 없었다. 무엇보다도 외로웠다.

밥이 가장 밥다워서 맛있을 때. 나는 그랬다. 달걀프라이에 김치뿐인 밥상이라도 식구들과 둘러앉아 같이 먹는 밥이 제일 맛있었다. 매일 살 비비고 얼굴 맞대며 사는 가족에게 밥은 중요하다. 먹을 식, 입 구. 식구(食口)라는 말 자체가 그렇다. 함께 살면서 끼니를 같이하는 사람들. 따뜻한 음식을 나눠 먹으며 우리가 가장 가깝고 편안하고 즐거워지는 시간. 그 시간이 필요했다. 나에겐 그게 밥을 가장 밥답게 먹는 일이었다.

그러나 그 후로도 나는 자주 부엌에 서서 밥을 먹었다. 아이 둘 홀로 육아하며 나까지 챙기기에는 시간과 체력이 버거웠기 때문이다. 그래도 한번씩은 나를 위해 따뜻한 국을 끓여보고 고등어도 구워보았다. 집이 좁고 혼자 밥 먹는다고 불평하기에, 누군가 나의 수고를 알아주길 바라기에, 누가 해주는 밥이 그립다고 슬퍼하기에, 먹고사는 일상은 하루하루가 반복. 지겹고 지루했다. 먹고 돌아서면 또 배고프고. 밥을 지어 먹이고 먹으며 다시 힘을 내야 했다. 놀랍게도 살아가는 일의 절반은 밥을 지어 먹는 일이라는 걸 아이들 키우면서 깨달았다. 그러니 제대로 힘내서 살아가려면 나 스스로를 잘 챙기는 수밖에.

요즘은 아이들과 같이 앉아서 밥을 먹는다. 사자와 기차가 그려진 접이식 아기책상에 밥상을 차려 같이 먹는다. 막 세 돌이 지난 아이들은 먹으면 안

되는 음식을 구분할 줄 알고 혼자서 자기 그릇에 밥을 먹을 줄도 안다. 말도 트여서 반찬 하나하나 이름 부르다가 노래를 흥얼거리다가 종알종알 시끄럽다. 물론 평화로운 집중력은 잠시, 나는 흘린 음식 치우고 대꾸해주기에 바쁘다. 밥상 치우는 일도 차리는 일의 곱절은 힘들다. 그래도 같이 앉아서 먹을 수 있다는 사실이 감격스럽다. 다 먹은 그릇들 하나씩 들고 옮기고 서툴게라도 상 닦는 아이들 보면 벌써 다 키웠지 싶다.

언젠간 거실에 매트를 치우고 커다란 테이블을 다시 놓고 모두가 여유롭게 식사를 즐길 수 있을 것이다. 그땐 퇴근한 아빠도, 놀러 온 할머니랑 삼촌도, 다 같이 앉아서 우리 밥다운 밥을 맛있게 먹어보자고 아이들 엉덩이를 토닥토닥 두드려본다. 우리는 오늘도 함께 밥 먹는 법을, 살아가는 법을 배우고 있다.

엄마가 쥐여준 보따리를

먹기만 할 때는 몰랐지

가자미식해

생각해보면 집밥이란 걸 먹으며 살았던 때는 인생의 절반도 되지 않았다. 그런데도 어른이 된 내가 좋아하는 음식 대부분이 어린 시절 좋아했던 음식들인 걸 보면 무얼 먹고 자랐는지가 삶에 얼마나 커다란 영향을 주는지 새삼 놀랍다.

열일곱 살부터 가족과 떨어져 살았다. 고등학교 때는 기숙사 급식을 먹었고 스무 살부터 서울살이를 시작하면서 바깥 음식을 사 먹기 시작했다. 조미료 범벅인 맵고 짜고 달고 기름진 음식들을 사 먹었다. 바쁘다는 핑계로 커피나 과자로만 끼니를 때우기 일쑤. 자연스럽게 식습관이 나빠졌다. 몸은 정직해서 내가 먹은 것들로 나를 만들고 움직였다. 좋지 않은 음식들로 끼니를 때우는 동안 나는 자주 아프고 예민한 사람이 되었다. 건강하지 못한 사람이 되었다.

집밥을 다시 찾게 되면 나이가 든 거라고, 어디선가 그런 말을 들었다. 서른 즈음부터였다. 나이가 들어서인지는 모르겠으나 내가 다시 집밥을 찾게 된 건 나다운 몸과 마음을 회복해야겠다고 생각하고부터였다. 회복. 원래의 상태로 돌아가려는 마음으로, 나의 원래의 상태는 무엇이었는지 곰곰 생각해

보았다. 나답게 건강하고 입맛이 좋고 기운이 맑고 생생했던 상태. 그때 떠오르는 음식은 밥과 국, 생선과 푸른 나물과 김치가 있는 집밥이었다. 그토록 소박하고 단출해 보였는데 손수 지어보니 십밥은 이느 밥상보다도 많은 시간과 정성이 깃들었다. 세끼 밥만 하다가 하루가 다 간다는 걸 내가 직접 지어보고야 알았다.

아이들을 키우면서는 집밥을 짓는 일이 노동이라는 걸 사무치게 깨달았다. 할머니와 엄마가 나를 이만큼 먹여 살리기 위해 날마다 얼마나 많은 노동을 했는지 그제야 알았다. 말로 다 못할 만큼 고맙고 미안하고, 또 고맙고 미안했다. 집밥을 다시 찾게 되면 나이가 든 거라는 말은, 건강한 입맛을 되찾으려는 때를 말하는 동시에 나를 키운 누군가의 노동을 깨닫게 되는 때를 말하는 게 아닐까 싶다.

열일곱 살부터 숱한 바깥 음식을 먹으며 살아온 사람으로서, 그리고 다시 집밥을 찾아 돌아온 사람으로서, 어쩌다 밥상에서 만나면 가슴께가 얼얼할 정도로 반가운 반찬이 있는데, 바로 가자미식해다.

가자미식해는 동해안에서만 맛볼 수 있는 특별한 음식, '식해'는 토막 친 생선에 소금과 밥을 섞어 발효시킨 음식이다. 비슷한 것 같아도 '젓갈'과는 또 다르다. 염전이 발달한 서해안에서 소금에 듬뿍 염장해서 만든 발효음식이 젓갈이라면, 소금이 귀한 동해안에서는 밥과 약간의 소금을 섞어 식해를 만들어 먹었다.

내장과 머리를 뗀 가자미를 숭덩숭덩 잘라 조밥, 소금, 고춧가루, 엿기름을 넣어 푹 삭히고 무채를 넣어 가자미식해를 담근다. 나는 고추도 초장에 찍어 먹고 맵고 짠 김치도 무지 좋아하던 바닷마을 어린이였는데, 가자미식해가 상에 올라오는 날에는 김치조차 거들떠보지 않았다. 그만큼 가자미식해를 좋아했다. 숙성될수록 콤콤하니 곰삭은 맛, 달짝지근한 감칠맛이 좋았다. 삭힌 가자미도 맛있지만 나는 푹 맛이 든 무채를 좋아해서 무만 쏙쏙 골라 먹곤 했다. 그건 엄마도 마찬가지였다. 그래서인지 할머니의 가자미식해에는 무가 절반이었다.

할머니는 해마다 가자미식해를 담가 보따리를

싸주었다. 이건 부산 숙자 꺼, 이건 대전 순희 꺼, 이건 창원 순자 꺼, 이건 창룡이 꺼, 명숙이 꺼, 인숙이 꺼. 보자기로 꽁꽁 싸맨 명숙이 꺼는 우리 집에 무사히 잘 도착해 밥상에 올랐다. 차게 식혀 뜨거운 밥에 올려 먹으면 밥 한 공기 뚝딱 비웠다지.

가자미식해에서 제일 중요한 건 비린내를 잡는 것이다. 상군 해녀이자 손맛이 뛰어났던 할머니는 가자미식해를 뽐낼 만큼 맛있게 만들었다. 도루묵찜을 팔던 외삼촌네 식당에는 밑반찬으로 할머니의 가자미식해가 나왔는데, 가자미식해 때문에 부러 찾아오는 손님들도 많았다고 한다.

하지만 할머니가 돌아가시고, 우리 모두의 밥상에서 가자미식해는 사라졌다. 말 그대로 아예 사라져버렸다. 왜냐하면 할머니처럼 비린내를 잘 잡으면서도 맛깔나게 가자미식해를 담그는 법을 아는 이가 아무도 없었기 때문이다.

엄마는 할머니의 가자미식해 조리법을 배워두지 못한 게 못내 후회된다고 했다.

"엄마가 쥐여준 보따리를 맛있게 먹기만 할 때는 몰랐지. 언젠가 이 보따리 맛을 영영 잃어버릴 수 있다는 걸. 한 집안의 중요한 맛은 엄마에게서만 배울 수 있는 건데. 가정을 꾸리고 아이들 키울 때는 사는 게 바쁘다고 미루느라 몰랐단다. 시간이 지날수록 나이를 먹을수록 두고두고 아쉬운 거야. 이제는 엄마의 맛을 어디서도 찾지 못해. 내가 왜 그걸 배워두지 않았을까 후회만 하지."

할머니가 돌아가신 후로 우리집은 어판장에서 가자미식해를 사다 먹는다. 어판장 어느 할머니의 손맛이니 맛있기야 하지만 우리 할머니가 만든 것만큼은 아니다. 결정적으로 무언가 빠진 것 같은데 남들은 무언지 모를, 우리끼리만 아는 헛헛함 같은 게 느껴진달까. 하루는 사 온 가자미식해를 먹던 엄마가 젓가락을 가만 든 채로 아주 진지하게 말했다.

"딸, 잘 들어라. 잘 들으래도 너는 듣지 않겠지만. 인생이 그렇다. 부모가 중요하다고 여러 번 일러줄 때는 귀찮고 부아가 나서 잔소리라고만 여겼던 것이, 시간이 지날수록 새록새록 중요하게 느껴지고 중요하게 나타난단다. 그걸 깨닫고 배우고 싶어서 달려가면 부모는 없어. 그 맛도 이미 없고. 그게 얼마나 허망한 마음인지 아니. 나중에 후회하지 않으려면 부모가 중요하다 하는 것들에 대해 조금은, 아니 조금만 너그럽게 돌아봤으면 좋겠어. 엄마가 살아 있을 때 말이야."

에이, 엄마는 무슨 그런 말을 해. 꼬들꼬들한 무채를 씹어 먹으며 나는 여전히 철없는 딸내미인 척했지만 속으로 울컥하고 말았다. 사 온 가자미식해에서 빠진 맛이 무엇인지 알 것 같았으니까. 그건 돌아보면 이미 없는 맛이었다. 두고두고 깨닫는 후회 같은 맛이랄까. 엄마가 만들었던 음식들이 무엇이었는지, 그 맛이 어떠했는지, 어떻게 만드는 것이었는지 잊어버리고 싶지 않았다. 나중에 돌아보았을 때 아무도 없는 기분을 느끼고 싶지 않았다. 너무 배고프고 마음이 헛헛한데 엄마마저 없다면 정말 슬플 것 같으니까. 그렇지만 나는, 엄마가 할머니를 기억하는 만큼만이라도 엄마를 간직할 수 있을까.

고향의 동네 식당엘 가면 종종 가자미식해를 만난다. 맨입에는 짠대도 엄마랑 나는 신이 나서 고것부터 먹는다. 무채만 쏙쏙 골라 먹는 나와는 달리, 엄마는 에이 이 맛이 아닌데… 입을 쭙쭙거리며 젓가락을 내려놓는다. 우리 엄마도 참 유난은. 그래도 이 맛이 어디야. 그러다 언젠가 서울서 맛집이라는 식당 식탁에 올라온 중국산 김치에 마음이 상해버려 슬그머니 젓가락을 내려놓는 내 모습에서 엄마를 본다. 나도 참 유난은. 유난스럽게 속상한 마음은 괜스레 쓸쓸해진다.

　　나에겐 이토록 맛있는 음식인데도 도시에 사는 지인들에게 가자미식해를 먹어보라 권하면 잘 먹는 것은 고사하고 먹을 수 있는 사람조차 드물다. 콤콤한 냄새와 삭힌 생가자미가 버무려진 새빨간 음식이 낯설고 거북한 탓이다.

　　먹어본 사람은 알아도 못 먹어본 사람은 끝끝내 알지 못하는 맛. 그런 맛을 가족들과 기억할 수 있다는 게 뿌듯하기도 그립기도 하다. 진짜 우리만 아는 가자미식해를 먹을 수가 없어서. 그 맛이 그리운 게 아니다. 그냥 할머니가 그리운 것이다.

집으로 돌아가는 나에게 엄마는 어김없이 양손에 보따리를 쥐여주었다. 어찌나 꽁꽁 싸맸는지 쪼글쪼글해진 매듭은 내 손을 꽉 붙잡고 있는 엄마 손 같다. 보따리 매듭만 보아도 짠해지는 마음은 어쩔 도리 없이 엄마와 나의 남은 시간을 헤아리게 한다. 영영 잃어버리고 싶지 않아. 보따리를 움켜쥐고 뒤를 돌아보면, 아직도 거기 서 있는 엄마가 바다처럼 손을 너울거리고 있다.

# 혼밥생활자들의 집밥

달걀밥

엄마는 홀로서기를 하면서 머리를 싹둑 잘라버렸다. 어깨춤에 찰랑거리던 중단발을 쇼트커트로 자른 건 처음이었다. 엄마는 머리를 자르고 평소에는 바르지도 않던 빨간 루주를 바르고 바닷가에서 사진을 찍었다. 지금은 어디에 있는지도 모르는 그 사진이 나는 아직도 눈에 선하다.

나는 그 사진을 아주 좋아했다. 왜냐하면 바닷바람을 맞으며 어깨를 꼿꼿이 편 엄마가, 슬픔이 그렁한 눈으로도 씩씩하게 웃고 있는 엄마가 아주 당차고 멋지게 느껴졌기 때문이다. 그 사진을 찍은 후로 엄마의 삶에는 더 힘들고 더 가파른 일들이 파도처럼 들이닥쳤다. 엄마는 피하지 않고 그걸 다 맞닥뜨렸다. 대부분은 지고 가끔은 이기면서 엄마는 나이 들어갔다. 지금도 엄마는 씩씩하고 자유로운 혼자. 나는 그런 엄마가 여전히 멋지다고 생각한다.

엄마가 가장이 되면서 집밥은 부실해졌다. 살뜰하게 집을 돌보고 밥을 지었던 엄마는 사회생활을 시작했다. 종일 밖에서 일하다가 집에 들어오면 쓰러져 잠들었다. 엄마가 집에 없을 때 남동생과 나는 스스로 밥을 챙겨 먹었다. 중2와 고1이었던 우리는 공부를 해야 하니까, 간편하되 영양분이 많은 음식을 만들어 먹어야 한다며 나름 진지한 궁리 끝에 참치달걀밥을 만들어 먹었다. 두뇌 발달에 좋은 DHA가 풍부한 참치와 단백질이 많은 완전식품 달걀을 먹으면 건강하고 든든할 것이며 공부 또한 잘할 수 있을 것이기 때문이었다. 그 때문인지 내 동생은 공부를 잘했다. 나는 소용이 없었지만.

아무튼 동생과 나의 참치달걀밥. 따뜻한 밥에 참치와 달걀프라이 두 개를 넣고 마가린이나 참기름을 휘휘 두른 다음에 마음대로 간장이나 케첩, 고추장을 골라 넣고는 슥슥 비벼 먹었다. 우리는 매일 아침저녁으로 참치달걀밥을 먹었지만 질리기는커녕 매일 맛있었다. 엄마는 미안해했지만 우리는 아무렇지 않았다. 배고픈 사람이 밥을 지어 먹을 것. 지금도 혼자 밥을 지어 먹는 우리 가족의 혼밥생활은 그때부터 시작되었다.

내가 직접 쌀을 씻어 밥을 안치고 달걀프라이를 반숙으로 부치면서, 엄마가 해주던 튀김처럼 구운 완숙 달걀프라이로부터 해방되었다. 반찬은 꺼내 먹고 다시 냉장고 제자리에 넣을 것. 다 먹은 그릇은 개수대 물에 담가 불리고 설거지할 것. 먹은 자리와 설거지한 자리는 깨끗이 닦을 것. 그릇은 비스듬히 괴어 물기를 바짝 말릴 것. 그런 것들을 배우고 익혔다.

내가 가족들에게 처음 집밥을 지어준 것도 그맘때였다. 일요일 아침마다 나는 김치볶음밥을 만들었다. 김치볶음밥은 내가 제일 좋아하는 음식이었고, 어떤 음식이든 좋아하는 사람이 제일 맛있게 만드는 법이라서 일요일 아침 부엌은 내 차지였다. 엄마랑 동생이 늦잠을 자고 있으면 나는 커다란 프라이팬에다 김치볶음밥을 욕심껏 볶았다. 김치는 많이 많이, 베이컨이나 참치도 넣고 조미료도 몰래 넣고 고슬고슬 감칠맛 나게 만든 김치볶음밥. 그 위에 반숙 달걀 프라이 서너 개 올리고 김가루까지 뿌리면 완벽했다. 프라이팬째 들고 가서 다 같이 숟가락으로 바닥을 긁으며 배불리 먹었다.

엄마, 나, 동생 셋이 다 모인 늦은 밤은 괜시리 출출하고 즐거웠다. 라면을 끓여 먹거나 김에 밥을 싸 먹으면서 텔레비전을 보거나 수다를 떠는 밤이 좋았다. 그렇게 셋이 보낸 시간은 겨우 반년 정도.

나는 그때 우리의 대단하지 않은 집밥들이 아주 맛있었다고 기억한다. 이후로 우리는 오랫동안 흩어져 살면서 그때 먹던 밥을 그리워했다. 음식의 맛도 가짓수도 중요한 게 아니었다. 별것 아니어도 소소한 음식을 그저 좋아하는 사람들이랑 나눠 먹던 기억이 오래오래 마음에 남았다.

훗날 서울에서 남동생과 같이 살게 되었다. 그때부터 다시 우리는 집밥을 지어 먹기 시작했다. 동생이랑 나는 슈퍼마켓에서 나눠준 포도송이 스티커를 모으며 같이 장도 보고 요리도 했다. 대견할 정도로 잘해 먹었다. 된장찌개, 김치찌개, 챗국, 미역국 같은 국 종류부터 고등어조림, 갈치조림, 불고기, 제육볶음 같은 고기요리. 그리고 오이무침, 파래무침, 감자조림, 무나물, 가지볶음, 멸치볶음 같은 밑반찬도 야무지게 만들어 먹었다. 야근이 잦은 나와 취업준비를 하던 동생은 주말에 만들어둔 반찬으로 각자 밥은 알아서 차려 먹는 혼밥생활을 해야 했다. 삭막한 시기였지만 그래도 우리가 지어 먹은 밥들이 꽤 힘이 되었다.

알음알음 찾아보고, 엄마에게 물어보고, 이렇게 저렇게 조물조물 만들다 보면 신기하게도 우리 입맛에 맞는 간을 찾아갔다. 알고 보니 '간'이라는 건 짠맛이었다. 손가락으로 바닷물 콕 찍어 맛보았을 때 감도는 자연스러운 짠기 같은 것. 흰죽에 간장 한 방울 톡 떨어뜨려 먹었을 때 침이 고이는 맛의 기운 같은 것. 모든 음식에는 입맛을 당기게 하는 약간의 짠기, 여러 맛을 아우르는 적당한 짠맛이 필요했다.

간을 맞추는 과정은 정말이지 신기했다. 혀는 맛을 기억했다. 소금, 설탕, 다진 마늘, 깨소금, 식초, 간장, 참기름, 매실액 같은 것들을 조금씩 넣어보다 어느 순간 동생이랑 나는 엄마가 해준 집밥 맛을 기가 막히게 찾아냈다. 손가락으로 한 꼬집 넣고서 조물조물 버무려 한입 와아암. 그래, 이 맛이야! 외치는 순간이 어찌나 뿌듯한지. 뭐라 정확히 설명할 수 없는 딱 맞는 간을 우리는 똑같이 찾아냈다. 세상에 같은 맛을 아는 사람이 있다는 것만으로도 식사는 즐거웠다. 아무리 오래 아무리 멀리 떨어져 산다 해도 '맛있다'라는 어떤 맛을 똑같이 알아보는 사람들이 다름 아닌 가족이었다.

"엄마, 오늘은 뭐 해 먹을라구?"

"고등어 한 손 사났어. 무 깔고 쪼려 먹으려고. 된장찌개도 끓여놨지. 딸은 뭐 해 먹니?"

"고등어조림 맛있겠다. 나는 시금치 무쳐 먹을라고. 이맘때 섬초가 진짜 달잖아."

"그치 그치. 엄마도 섬초 사 와서 무쳐 먹어야겠다. 숨 죽으면 아깝다. 섬초는 물 보글보글할 때 그냥 넣었다가 빼는 거야."

"알겠어, 엄마. 밥 잘 챙겨 먹고."

"오냐, 딸. 맛있게 먹어라."


서른다섯의 나. 엄마랑 이런 통화를 한다. 지금도 우리는 혼자 밥을 지어 먹는 혼밥생활을 이어가는 중이다. 혼자 사는 엄마와 혼자 사는 남동생. 그리고 혼자 점심을 챙겨 먹는 프리랜서인 나. 우리집 혼밥생활자들은 밥 먹을 때 씩씩해진다. 자기가 먹을 밥 정도는 뚝딱 차려 먹을 줄 안다. 각자 떨어져 밥을 먹어도 어떤 맛인지 다 안다. "밥 잘 챙겨 먹어."라는 말의 진심을 안다. 원고 마감이 바쁜 날에는 그릇 하나에 달걀밥을 곧잘 해 먹는데 그때마다 옛날 생각이 난다. 이게 처음으로 손수 지어본 동생과 나의 집밥이었지.

　사람은 살면서 한 번쯤 홀로 서야 한다. 사 먹고 시켜 먹는 음식들에 질리면 오래된 나의 맛을 찾게 된다. 알아서 혼자 밥을 지어 먹게 된다. 엄마가 일일이 가르쳐준 적 없어도 나의 혀가 기억하는 그 맛을 찾아낸다. 내 간에 딱 맞는, 먹어본 그리운 음식들. 집밥을 지어 먹는 일은 시간과 정성이 드는 일. 밥상을 차리면서 나를 먹여 살린 누군가의 노고를 깨닫는다. 누가 차려준 밥상을 편히 받아들고 투정부리던 내가 부끄러워진다. 내가 먹을 밥 정도는 스스로 '맛있게' 지어 먹고 살아간다는 자부심을 갖게 된다. 하루 세 끼 먹고 사는 일이 얼마나 중요한지 깨닫는 나이가 되면, 내가 지어 내가 먹는 집밥이 커다란 유산임을 알게 될 것이다. 수백 번 수천 번 우리에게 밥을 지어 먹인 엄마가 전해준 것이었다.

# 내 젊은 날의 뒤풀이

대구탕

"하이고야. 살 것 같다!"

할머니는 스테인리스 국그릇을 그릇째 후루룩 마시고는 깨운하게 말했다. 엄마도 국물만 마시면 감탄사를 뱉듯 저 말을 하곤 했다. 어린 나는 생각했다. 뜨끈한 국물을 그릇째 마시면서 살 것 같다 느끼는 순간에야, 나는 어른이 되는 거 아닐까 하고.

바닷가에 살면서 있으면 맛있게 먹지만 구태여 찾지는 않는 삼삼한 음식들이 몇 있었는데, 나에겐 대구탕이 그랬다. 담백하고 개운한 대구탕의 맛을 어린 나는 잘 알지 못했다. 왜냐하면 다소 심심한 식감과 맛을 가진 대구에 비해, 더 쫄깃하고 더 감칠맛 나는 생선들이 가득했기 때문이다. 그런 내가 대구탕의 진짜 맛을 알게 된 건 바다를 떠나고 나서였다.

어느 젊은 날, 나는 여의도의 허름한 지하식당에서 스테인리스 국그릇을 깨끗이 비우며 생각했다. 살 것 같다. 살아야겠다. 대구탕의 맛이었다.

방송작가 시절에 나는 평생 새워야 할 밤들을 다 지새운 것 같다. 그것도 아주 치열하고 뜨겁게.

야근을 밥 먹듯 하긴 했지만 집에는 들어갈 수 있었던 회사원에서, 방송작가로 직종을 바꾼 후로는 외박을 밥 먹듯이 하게 되었다. 대체로 마감이 많은 일들이 그러하겠지만, 방송이 송출되기 직전까지도 긴장의 끈을 놓을 수 없는 방송일은 하루하루 변화무쌍하고 사건사고가 끊이질 않으며 스릴 넘치고 치열한데, 또 어마어마하게 재밌고 즐겁고도 보람찬 일이었다. 방송가 종사자들은 또 어떠한가. 푸석푸석한 얼굴에 호기심이 반짝이는 눈들. 날마다 아이템 찾고 촬영하러 전국 방방곡곡 험한 데는 다 다니고 밤새 편집하고 초치기 일을 해내면서도, 술로 털어내고 다음 날이면 부스스 일어나 해장하고 다시 일하는 철인들이었다. 방송일은 음식으로 따지자면 식도가 데고 위장이 쓰라릴 정도로 엄청나게 매운데 맛있는, 건강에 좋지 않은 걸 알면서도 차마 끊을 수가 없는, 마성의 매운 떡볶이 같은 맛이랄까.

내가 맛본 방송작가 일은 강도로 치자면 '엄청 매운맛'이었다. 24시간 동안 한숨도 자지 않고 일하는 날들이 잦았다. 책상이나 소파, 수면실에서 쪽잠 자며 일하다가 48시간 만에 사무실 밖으로 비척비

척 걸어 나온 적도 있었다. 어느 날은 며칠 만에 집에 들러 출근 준비를 하다가 밥솥이 '보온 경과 99시간'인 걸 보고는 깜짝 놀랐다. 99시간 이후에는 아예 숫자가 올라가지 않는다는 것을 깨닫고 대체 며칠 동안 집에 들어오지 못한 것인지 헤아려보기도 했다. 그 시절을 보내면서 컵라면과 김밥은 완전히 질려버렸다. 나가서 밥 먹을 시간조차 없을 때 앉은자리에서 컵라면에 김밥을 집어 먹으며 일했으니까.

방송제작사들은 여의도 방송국 근처에 몰려 있었다. 내가 다니던 제작사도 서여의도에 있었다. 밤새 일하는 사람들이 많은 방송국 근처에는 이른 아침에 문 여는 싸고 맛있는 밥집들이 많았다. 대체로 북엇국, 설렁탕, 콩나물국밥, 대구탕 같은 해장국들을 팔았다. 밤을 새운 다음 날 아침에는 술을 마신 것처럼 속이 쓰리고 헛헛했다. 술은 영 마시질 못해서 '해장'이란 말과는 멀찍이 살았던 나도 아침밥만큼은 해장국을 찾게 되었다.

여의도에는 3대 대구탕 맛집이 있다. '신송한식' '동해대구탕' 그리고 '뒤푸리'. 뒤푸리만 서여의도에

똑 떨어져 있다. 여의도 정우빌딩 지하에 가면 '뒤풀이'라는 동그란 간판이 반짝이는 식당이 있다. 식당 간판에는 분명 '뒤풀이'라고 적혀 있는데, 사람들은 꼭 '뒤푸리'라고 불렀고 검색사이트에도 '뒤푸리'라고 등록되어 있다. 이 식당 이름의 유래 중에는 옛날에 주인이 '뒤푸리'라고 간판을 달았다가 맞춤법에 맞게 '뒤풀이'라고 고쳐 다시 달았다는 설이 있는데, 이상하게도 나는 '뒤푸리'가 더 마음이 가서 일부러 뒤, 푸, 리, 하고 똑똑하게 발음하곤 했다. 어쨌든 이 식당 이름에는 술을 마신 다음 날이든, 밤새 일한 다음 날이든 묵직한 것들일랑 훌훌 털고 뒤풀로 속을 풀라는 주인의 마음이 녹아 있었다. 푸짐한 대구탕 한 그릇이 당시에 6,000원이었다. 오래된 식당 특유의 편안하면서도 다정한 밥정(情) 같은 것이 녹아 있는 이 식당을 나는 아꼈다.

　　메뉴는 대구탕과 대구뽈찜, 북엇국으로 단출하다. 이중에서 반건대구를 남도식으로 끓인 대구탕이 제일 맛있다. 스테인리스 그릇에 대구탕이 푸짐하게 담겨 나온다. 개운하고 깔끔한 고춧가루 국물에 큼지막한 대구 토막이 서너 개, 두부와 무도 들어 있고, 그 위에 미나리가 살짝 올려져 있다. 특히 이곳 대구탕은 국물이 일품이다. 조미료 맛이 덜하고 국물이 순하며 담백하다. 반찬은 마늘종장아찌, 무말랭이, 겉절이, 오징어젓갈, 콩나물 무침이 번갈아가며 세 개씩 나온다. 사람들은 반찬들이 다 빨개서 맵고 짜다고 하지만 사실 진짜 바닷가 밥상이 이렇게 빨갛다.

　　나를 처음 '뒤푸리'에 데려간 건 한 선배작가였다. 돌아보면 아직 어린 나이였던 이십대 중반의 나는, 내가 아주 늦었다고 생각했다. 평범한 회사에 다니다가 남들보다 늦게 방송일을 시작했기에 나는 웃음기 없이 일했다. 애쓰고 치열한 건 좋았다. 그러나 뒤처진 건 아닌지 초조해서, 이 길이 맞는 건지 불안해서, 스스로를 엄격하게 몰아붙이며 일했다. 덕분에 선배들에게 깍듯하고 일 잘하는 후배로 통했지만 그만큼 어렵고 딱딱한 후배이기도 했다. 점심시간에 나가서 맛있는 밥이라도 먹자는 팀원들 말도 고사하고 나는 혼자 남아서 자리를 지켰다. 잠깐이라도 눈 좀 붙이고 일하라는 선배의 조언에도 아랑곳하지 않고 한숨도 안 자고 다음 날도 다음다음 날도 같은 자리에 앉아 일했다.

그러다가 결국 일을 냈다. 늦잠을 자버려서 생방송이 있는 날 지각한 것이다. 하필이면 집도 멀어서 한참이나 늦게 도착했을 땐 이미 모든 상황이 끝나 있었다. 헐레벌떡 달려와 울 듯한 얼굴로 머리를 조아리는 나를 선배가 데리고 나왔다. "아침이나 먹으러 가자."

아침, 출근하는 사람들을 헤치며 우울하게 걸었다. 밖에는 그사이 벚꽃이 피어 있었다. 선배는 좋아하는 식당이라며 '뒤푸리'에 나를 데리고 갔다. 대구탕 두 그릇이 나오고 나는 맥없이 숟가락질을 했다. 뜨거운 국물을 후후 불면서 선배가 말했다.

"네가 열심히 했다는 거 알아. 근데 너무 무리하지는 마. 네 젊은 날도 다시는 돌아오지 않아."

그 말이 아직까지도 참 고맙다. 나는 가만히 고개를 끄덕였다. 목구멍이 꽉 막혀서 밥 먹기가 힘들었다. 그러나 울지 않고 대구탕을 깨끗이 비웠다. 그제야 내가 며칠 동안 밥다운 밥을 먹지 못했다는 걸 알았다. 살 것 같았다. 따뜻한 국물과 순한 대구살이 쓰린 속을 달래주었다. 맛있는 음식을 맛있다고 느끼고, 따뜻한 밥 한 그릇 천천히 맛보며 비우는 여유는 챙기면서, 나를 달래면서, 그렇게 사람답게 살아야겠다고 생각했다.

지금도 가끔 여의도에 들르면 '뒤푸리'에 간다. 시간이 흘러 나는 달라졌어도 '뒤푸리'의 대구탕은 달라진 것이 없다.

연한 김이 피어오르는 말간 대구탕을 물끄러미 내려다보다가 국물을 마신다. 매운 떡볶이 같은 삶도 짜릿하고 즐겁지만, 순한 대구탕 같은 삶이 나에게는 어울려. 담백한 깨달음, 홀가분한 다짐 같은 것이 속을 데우고 달래며 지나간다. 따뜻하다. 대구탕 한 그릇, 천천히 맛보면서 내 젊은 날의 뒤풀이를 이곳에서 한다.

엄마가 좋다니까 나도 좋아

찹쌀도너츠

딸. 애기야. 여기는 은행잎이 노랗게 노랗게 다 떨어졌다. 솜이불처럼 깔려 있는데 그게 너무 예뻐가지고. 아까는 마트에 뭐 사러 밖에 나갔다가는. 바닥에 수북한 은행잎이 노오란 게 너무 예쁜 거야. 하필 빵집 앞이었는데, 은행잎을 보니까 갑자기 달콤한 게 먹고 싶더라. 도너츠. 왜 똥글똥글한 거. 노르스름한 도너츠 다섯 개 사가지고 집에 와서는 딱 놓고 보니까 밖에서 하려던 일은 다 잊어버리고 도너츠만 들고 온 거 있지. 이걸 빨리 집에 들고 가서 커피 한잔이랑 같이 먹어야지, 그 생각만 했어.

내가 빵집 사장님한테, "사장님. 바깥에 은행이 너무 예뻐서, 노란색 보니까 너무 달콤한 게 먹고 싶어서 도너츠를 사러 왔어요." 하니까 막 웃더라. 나도 같이 한참 웃었어.

딸아, 할머니 솜이불 깔아놓고 거기 앉아서 도너츠 먹고 있다. 할머니 솜이불 노란 거 쫌 촌스럽지만, 엄마는 그게 참 귀하고 애틋하고 슬프잖니. 할머니가 지어준 솜이불. 해진 게 아까워가지고 꼬매고 꼬매고 덧붙이고 꼬매고 해갖고. 그 소중한 거를. 할머니 솜이불에 폭신하니 앉아서 도너츠 먹고 있다.

하려던 거는 중요한 거는 다 잊어버리고. 나이가 드니까 이러면서 엄마가 산다. 그래도 너무 좋네, 오늘은. 도너츠 먹고 너무 좋아. 배도 땅땅하게 부르고.

* * *

엄마. 우리 집 앞에는 은행잎 말고 플라타너스 잎이 깔려 있어. 옛날에 엄마가 구워준 김 같아서 배고파진다. 나도 도너츠 사 먹어야지. 주말에 사진 찍어둔 플라타너스 이불을 보낼게. 찬 바람에 감기 조심하고 따뜻하게 보내자. 엄마가 좋다니까 나도 좋아. 너무 좋네, 오늘이.

배 속에 개구리가 울면

만둣국

눈이 내리는 날이면 동생과 나는 밤에도 나가 놀았다. 천지에 뒤덮인 새하얀 눈빛에 바깥은 밤늦도록 환했다. 태어나서 눈을 처음 본 강아지들처럼 우리는 눈밭을 뛰어다니며 눈을 뭉쳐 던지고, 우리 키만 한 눈사람을 만들어 목도리를 둘러주었다. 바닥에 벌러덩 누워서 팔다리를 파닥거리며 눈나비를 그리고는 하늘에서 떨어지는 눈송이를 날름 받아먹었다.

솜이불에 폭 안긴 듯 눈 속에 가만 누워서 숨을 고르던 그 밤. 그 하늘, 그 공기, 그 눈송이는 싸박싸박 아주 조그만 소리를 내며 나의 유년에 소복이 쌓였다. 어른이 되어서도 그 기억을 목도리처럼 두르고 살아간다. 그래서인지 지금도 내가 가장 좋아하는 계절은 겨울. 눈을 기다리는 마음으로 기꺼이 찬바람을 반기며 겨울을 보낸다.

눈 내리는 날이면 어김없이 떠올라 마음이 몽글몽글해지는 음식이 있다. 눈밭을 굴러다니다가 오돌돌 떨면서 콧물을 훌쩍거리며 집에 들어오면 더운 김이 훅 안겨왔다. 기다렸다는 듯 배에선 깨고로록 소리가 났다. "엄마, 배 속에서 깨구리가 울었어."
"누나, 내 깨구리도!" 엄마는 우릴 보며 빙그레 웃었
다. "만둣국 해줄게. 얼른 씻고 오렴."

눈밭을 얼마나 뒹굴었는지 손바닥 밑바닥이 다
쪼글쪼글했다. 젖은 옷은 허물처럼 훌훌 벗어던지고
대충 씻고 밥상 앞에 앉았다. 숟가락을 들고 기다리
고 있노라면 엉덩이가 들썩들썩 가만 앉아 있을 수
가 없었다. 엄마가 만둣국을 냄비째 들고 와 뚜껑을
활짝 열었다. 뜨거운 김이 고소한 냄새랑 뛰쳐나오
고, 그 안에는 함박눈 같은 만두들이 둥실둥실 불어
있었다.

우리집 만둣국은 이랬다. 엄마는 퉁퉁 분 만두
한두 개를 국자로 터트려 휘휘 저었다. 그럼 만두소
가 퍼져 국물에 감칠맛이 더해졌다. 김이 폴폴 나는
만둣국을 국그릇에 퍼 담고 노랑 하양 지단을 올리
고 김을 손으로 마구 부숴 올려주었다. 나는 국그릇
을 받아 들자마자 다급한 마음에 만두부터 한 숟가
락 베어 먹었다. 어김없이 아뜨뜨 호호 소리를 내며
뜨거운 만두를 입안에 굴려 먹었다. 간간하고 고소
하고 달짝지근한 맛. 입천장이 다 데어버려도 웃음

이 터져 나오는 맛이었다. 만두를 야무지게 씹어 먹다가 뜨끈한 국물을 한 숟갈 떠먹으면 배 속까지 은근하게 따스해졌다. 시끄럽던 개구리도 마침내 조용해졌다.

그 시절 산골에는 뭘 사 먹을 데가 없어서 엄마는 겨우내 자주 만두를 빚었다. 만두피부터 만두소까지 일일이 만들어야 하니 손이 많이 가는 일이었다. 그런 음식들을 참 많이도 만들었던 것 같다. 엄마랑 방바닥에 앉아서 못생긴 만두를 빚거나 돈가스에 빵가루를 묻히거나 김에 참기름을 바르던 기억이 어렴풋 난다. 직접 만든 음식들은 못생겼지만 맛은 훨씬 좋았다.

만두를 한아름 저장해두고 배고플 때마다 조금씩 꺼내 지져 먹고 쪄 먹고 끓여 먹으며 겨울을 보냈다. 가끔은 고기만두이거나 쫀득한 쌀떡이 함께일 때도 있었지만 겨울이 깊어갈수록, 장독대 김치가 익어갈수록, 봄이 다가올수록, 김치만두가 밥상에 올라왔다. 다행히도 나는 김치를 매우 좋아하는 어린이였고 엄마가 빚은 김치만두는 끝내주게 맛있었던 까닭에 긴긴 겨울을 토실토실하게 보냈다.

　아무리 그래도 눈밭에 데굴데굴 구른 날에는 만둣국이 최고였다. 퉁퉁 분 만두는 푸짐했고 뭉근한 국물은 뜨뜻했다. 어쩌면 내가 겨울을 좋아하는 이유는 따뜻한 음식을 맛있게 먹을 수 있는 계절이기 때문 아닐까도 생각한다. 추운 겨울에는 유독 따뜻한 것들을 나눠 먹은 기억이 많다. 곰곰 생각해본다. 겨울은 추운 계절일까, 따뜻한 계절일까.

　언제부턴가 겨울에 눈 보기가 어렵다. 함박눈을 펑펑 맞으며 자란 나는 눈이 없는 겨울이 낯설고 쓸쓸하다. 솜이불을 도로로 펼쳐놓은 것처럼 하늘이 하얗게 낮은 날이면 혹시나 눈이 올까 기대를 해본다. 해야 뜨지 말아라. 눈송이를 내려주어라. 멀뚱히 하늘을 올려다보며 어린아이의 마음으로 돌아간다.

　하늘에서 떨어지는 눈송이 하나를 눈으로 좇다가 손바닥에 붙잡은 순간에는, 간절히 바라던 소원 하나가 나에게 녹아든 것 같아서 행복했었다. 그때 나는 어떤 소원을 빌었더라. 그러다 문득 깨닫는다. 그 시절 장독대 김치로 빚어 바글바글 끓인 못생긴 만둣국은 이제는 먹을 수 없지. 무릎까지 쌓인 눈 천지를 데굴데굴 굴러다니던 어린이도 이제는 다 커버렸지.

그러나 뜨뜻한 만둣국을 나눠 먹고 눈송이를 날름 받아먹던 그 마음들은 가장 소중한 곳에 여전히 살아 있다. 아무렴, 나에게 겨울은 따뜻한 계절이다. 올해 겨울에는 눈이 펑펑 내렸으면 좋겠다고, 나는 소원을 빌었다.

할머니의 빈집

오징어

강원도 삼척 정라진 벽너머 마을. 할머니 집을 생각하면, 바다를 마주한 산비탈에 따닥따닥 따개비처럼 붙어 있는 조그만 집들과 알록달록한 지붕들과 집집마다 오징어가 빨래처럼 널려 있던 풍경이 떠오른다. 바닷바람에 오징어가 말라가던 고리고리한 짠내가 풍기는 것 같다. 굽이굽이 산비탈에 난 계단 길을 한참이나 걸어 올라야 보이는 빨간 지붕 집이 우리 할머니 집이었다. 할머니는 평생 이 집에서 살았다. 아들딸들 잘 키워 시집 장가 보내고, 할아버지 먼저 보내고, 혼자 이 집에서 살다가 돌아가셨다.

할머니 집에선 늘 오징어 냄새가 났다. 할머니는 낮에는 물질하고 돌아와 가족들 끼니를 챙기고는 저녁부터 다시 일했다. 어판장에서 사 온 오징어와 노가리를 새벽까지 손질하는 일이었다. 오징어 배를 갈라 내장을 깨끗이 빼내고 빨랫줄에 널어서 말렸다가, 반쯤 말라 오그라든 오징어를 빳빳하게 늘리고 다시 말려서 장에 내다 팔았다.

엄마와 이모들은 할머니 일을 도왔다. 사춘기 소녀들 손에는 늘상 오징어와 노가리 냄새가 배어 있었다. 굴러가는 나뭇잎에도 깔깔 웃고 떠들던 꿈

많은 소녀들 집에는 언제나 고리고리한 냄새가 배어 있었다. 얼마나 싫었을까. 그치만 종일 물질하고 돌아와서도 미역 오징어 노가리 손질하고 말리는 할머니를 지켜보노라면 또 얼마나 찡했을까.

"정말이지 오징어랑 노가리는 꼴도 보기 싫었어. 그치만 그것들이 우리를 학교에 보내주었거든. 오징어가 책이고 노가리가 연필이고 미역이 책가방이었지. 책 읽고 공부만 할 수 있다면야 새벽까지 그 것들 조물거려도 참을 수 있었지."

새벽까지 일하다가도 다음 날 바다 위로 빨간 해가 떠오르면 툴툴 일어나 망사리랑 잠수경 달랑달랑 들고서 바다로 향하던 할머니. 책가방 메고서 산 넘어 고갯길 넘어 멀고 먼 학교로 툴레툴레 걸어가던 똑단발 엄마의 뒷모습을 상상하면, 나는 이 씩씩한 여자들이 짠하게 사랑스러워진다. 우리집 여자들의 억척스러우면서도 해맑은 삶의 태도는 이런 부지런한 날들에서 비롯된 것일 테다.

할머니는 처음 말린 예쁘고 좋은 오징어들은 팔

지 않았다. 예쁘고 예쁜 것들만 골라 묶어서 딸들부터 챙겼다. 멀리멀리 시집간 딸들에게 해마다 첫 오징어를 보내주었다. 덕분에 나는 꼬꼬마 시절부터 오징어를 쫀드기처럼 질겅거렸다. 딱딱하고 짠 오징어는 씹으면 씹을수록 침이랑 뒤섞여 짭짤한 바다 맛이 돌았다. 일일이 깨끗이 손질하고 빳빳이 늘린 손길의 맛이었을까. 뜨고 지는 햇볕을 머금고 바닷바람이 도닥거린 시간의 맛이었을까. 오래 매만져 굳세어진 짠맛이 나를 씩씩하게 했다.

얼마 전 세 살배기 아이들 손을 잡고 할머니 집에 다녀왔다. 할머니가 돌아가시고 비어버린 집을 가족들은 그대로 두었다. 엄마와 이모들이 번갈아가며 살뜰히 집을 지켰다. 고장난 곳은 고치고 먼지 쌓인 곳은 깨끗이 쓸고 닦았다. 때마다 오가며 집의 안부를 살폈다.

아이였던 내가 고등학생 때까지 자주 오르내리던 길을, 아이들이랑 손잡고 다시 걸었다. 굽이굽이 산비탈을 천천히 걸어 올라가며 빈집들을 여럿 보았다. 오가며 의지했던 동네 할머니들도 다들 어딜 가셨는지 집들은 텅 비어 조용했다. 어렸을 때 엄마 손 잡고 이 길을 걸으면 시끌시끌했었다. "야가 명숙이 딸이가." "야, 니 건넌집 넷째 딸 아이나. 안주 얼라 같은데야. 얼라가 얼라를 낳았대니." "햐, 세월 시상에 빠르다야. 글두 안주까지 꽃 맹키로 곱대이!" 하나둘 대문 앞에 나온 할머니들께 인사드리고 더디게 언덕길을 올랐었다. 내려다보이는 바다는 변함없이 푸른데 벽너머 마을은 조용하고 조용해서 우리들 발소리만 들렸다.

산 중턱 빨간 지붕 집. 돌담 위에 스노볼처럼 놓여 있는 낮고 작은 집. 할머니 집은 그대로였다. 그러나 다 커버린 나에게 집은 작아져 있었다. 머리 위로 우러러보던 돌담은 낮아지고, 뛰어다니던 마당은 좁아져 있었다. 밖으로 난 조그만 창문은 굳게 닫혔고, 다라이에 물 받아 목욕하던 창고는 잠겼고, 수돗가는 뚜껑 덮어 끈으로 칭칭 묶어두었다. 오징어 널던 기다란 장대와 빨랫줄도 없어져버렸고 오징어 짠내도 더는 나지 않았다.

"엄마. 애들 왔다, 엄마."

엄마는 아무도 없는 집에다 대고 말했다. 열쇠를 돌려 미닫이문을 열자 방에서 뛰쳐나온 냉기에 오소소 소름이 돋았다. 집은 하루라도 사람이 없으면 추워진다니까. 엄마는 얼른 바닥에 솜이불을 깔고 보일러를 돌렸다. 한참 시간이 지나도 방은 따뜻해질 기미가 보이지 않았다. 나는 제일 좋아했던 방 구석에 기대앉았다. 신기하게도 아이들은 낯가림이 없었다. 제집인 양 편히 들어와 이불 위에 벌러덩 누워 까르륵거렸다. 할머니가 이 모습을 봤다면 정말 좋아했을 텐데.

할머니랑 나란히 누워 솜이불을 끌어덮고 자던 어린 밤들이 떠올랐다. "할머니, 나 오늘 자고 갈게요." 무슨 일이 생길 때마다 나는 이 방에 숨어들었다. 할머니가 손수 지은 목화 솜이불을 목까지 폭 끌어덮고, 곤히 자는 할머니의 숨소리를 가만 듣고 있자면 아무것도 무섭지 않았다. 한때 여기는 걱정도 두려움도 배고픔도 없던 나의 방공호였는데 이리도 작고 춥고 쓸쓸해질 줄은 몰랐다. "할머니 솜이불은 아무래도 못 버리겠더라." 엄마가 내 마음을 알아챈 듯 무릎에 이불을 폭 덮어주었다.

아이들에게 젊은 할머니와 어린 이모들이 함께 찍은 흑백 가족사진을 보여주었다.

"얘들아, 여기가 할머니 집이야."
"바다할머니?"
"아니. 바다할머니의 엄마. 왕바다할머니 집."
"왕바다할머니는 어디 갔어?"
"왕바다할머니는 바다에 가셨어."

마루에 난 창문을 열자 내가 어렸을 때 보았던 바다가 그대로 있었다. 할머니랑 프리마 우유 타 먹으며 보던 바다, 할머니랑 봉숭아 물들이며 보던 바다, 할머니랑 고등어 구워 먹으면서 보던 바다였다. 하지만 집에는 아무도 없다. 사람이 없어지면 세상은 쓸쓸해진다. 집은 할머니랑 같이 살다 죽었다. 이제 아무리 쓸고 닦고 불 때고 들락거려도 옛날 그 집이 아닌 것 같다. 말소리가 텅텅 울리는 추운 방에서 엄마랑 할머니 이야기만 나누다가 돌아왔다. 할머니를 오래 기억하고 싶었다.

너무 보고 싶을 땐 꿈에서 할머니 집에 간다. 빨랫줄 가득 오징어가 널려 있는 빨간 지붕 집. 하얀 손수건처럼 나풀거리는 오징어는 우리를 기다리고 있다는 반가운 인사. 나는 마구 달려간다. 바닷바람이 등을 떠민다. 어서 오너라. 낮은 계단을 힘차게 뛰어 올라가 낡은 미닫이문을 드르륵 열면,

그곳에는 언제나 할머니가 있다.

헤어질 땐 맵고 짠하게 안녕

잡세기탕

바닷가 밥상은 빠알갛다. 맑은 국보단 고춧가루와 땡초를 팍팍 넣은 조림이나 찌개, 탕이 많고, 반찬들도 죄다 젓갈, 장아찌, 김치다. 하얀 반찬은 구운 생선과 달걀프라이, 물김치 정도랄까. 요즘도 고향에 내려가 식당이라도 들를라치면, 온통 빨간 밥상에 내가 진정 바닷가에 왔구나 실감하게 된다.

서울에서 밥 먹을 때 제일 힘든 건 해산물을 마음껏 먹을 수 없다는 것이었다. 고깃집, 치킨집, 돈가스집은 아주 많았다. 감자탕집, 순댓국집도 많았다. 횟집이랑 초밥집도 많았지만 내가 좋아하는 생선요리는 그런 것들이 아니었다. 생선을 먹으러 가도 러시아나 노르웨이산 생선들이 자리 잡고 있었고, 오래된 비린내를 숨기려 맵고 단 양념 범벅이곤 했다.

생선은 좋아하지만 고기는 싫어하고, 맵고 짠 건 좋아하지만 맵고 단 건 싫어했다. 한입만 떠먹어도 조미료 맛을 기가 막히게 알아채는 까다로운 입맛. 밖에서 밥을 먹으면 속이 부대꼈다. 남들이 맛있다고 하는 음식들이 나에겐 불량식품처럼 느껴졌다. 싱싱한 해산물이나 제대로 된 생선요릿집은 바닷가와 비교하면 헉 소리 나게 비싸서 먹으러 가기 부담스러웠다. 결정적으로, 아무리 근사하고 깔끔한 요릿집에서 먹는다 해도 툭툭 놓아두고 보글보글 끓어오르던 질박한 밥상이 아니어서 별로였다. 정말이지 이상한 심보. 아. 어쩌면 나는 이다지도 까다로운 입을 가진 사람일까. 나는 점점 제 입맛을 잃어갔다. 좋아하는 음식도 싫어하는 음식도 분명치 않은 사람, 이도 저도 아닌 입맛을 가진 이도 저도 아닌 사람이 되었다.

엄마를 보러 고향에 내려가면 그동안 먹지 못했던 해산물을 매 끼니 챙겨 먹었다. 단순히 식도락 여행쯤이 아니라 싱싱하고 맛있는 바다음식들을 꼭꼭 씹어 맛보고 기억으로 쟁여두는 것에 더 가까운 심정으로 먹었다. 물회, 생선모듬찜, 도루묵찜, 해물찜, 곰칫국, 대구탕 같은 것들. 바닷가 밥상은 밑반찬들까지도 싱싱하고 맛있었다. 각종 젓갈이랑 장아찌, 속이 개운한 김치들과 오이소박이, 그리고 성게나 멍게, 미역이 나오면 초장에 찍어 먹으며 행복해했다. 먹고 싶은 음식들을 차례차례 모두 맛본 후에

언제나 마지막에 먹는, 우리의 작별 음식이 있었다. '항구식당'의 해물잡탕.

항구식당은 항구가 아니라 터미널 부근에 있었다. 비좁은 찻길에 덩그러니 있는 허름한 식당. 현지인들이나 알아서 찾아가는 식당이지, 관광객들은 거들떠보지도 않고 지나칠 만한 기사식당 같은 외형이었다. 그런데 알고 보면 이 식당은 무려 30년 동안 그 자리를 지켰다. 허름한 알루미늄 미닫이문을 드르륵 열면 조그만 식당 안에는 나이 지긋한 현지 손님들로 늘 가득 차 있었다. 옛날식 부엌과 수돗가가 있고, 그 옆에 평상처럼 높은 데에 작은 방 한 칸이 있었는데, 거기에 앉아서 밥을 먹었다. 뚝뚝한 주인 부부는 물가에서 생선을 손질하거나 불가에서 쉼 없이 탕을 끓였다. 그날그날 새벽 어판장에서 손수 장만한 재료로만 요리하는 식당이었다.

엄마랑 며칠을 보내고 헤어지는 날, 남동생과 나는 짐을 챙겨 터미널로 향했다. 버스를 기다리는 동안 항구식당에서 해물잡탕을 먹었다. 두어 달에 한 번, 1년에 네댓 번쯤 엄마를 보러 왔으니까, 우리는 계절마다 찾아오는 항구식당의 조용한 단골이었다.

항구식당의 해물잡탕. 빠알간 국물에 여러 생선과 내장들, 게, 오징어, 미더덕 같은 해물들이 빼꼼 고개를 내밀고 있으면 대파랑 팽이버섯, 쪽파, 미나리가 그 위를 살포시 덮어주었다. 무는 바닥에 요처럼 깔려 있을 터였다. 한 번 끓인 것을 냄비째 들고 와 휴대용 가스버너 위에 올리면서 주인아저씨는 "함 폭 끓여 잡숴요. 쪼매난 거는 줏어 먹어도 됩니다." 하고 당부했다.

그런데 해물탕도 아니고 해물잡탕이라니. 처음에는 '잡탕'이라는 말이 주는 느낌이 먹기도 전에 음식 맛을 떨어트리는 것 같았다. 흔히 잡탕이라고 하면 온갖 것들이 뒤섞인 볼품없는 음식을 떠올릴 테니까. "아무것도 모름서. 딸, 이거야말로 정말 맛있는 거야."라며 엄마는 눈을 흘겼다.

언젠가 해물잡탕이 보글보글 끓어오르길 기다리면서 밑반찬을 주워 먹다가 엄마의 '잡세기탕' 얘길 들었다. 엄마는 어려서부터 해물잡탕을 자주 먹었다. 그때는 해물잡탕이 아니라 '잡세기탕'이라고 불렀다고. 돌아가신 외할아버지는 배를 움직이는 기관장이셨다. 일 마치고 집에 돌아올 때마다 할아버지는 잡세기들을 양손 가득 들고 오셨단다. 노가리나 도루묵, 작은 게, 골뱅이 같은 것들. 어판장에서 상품가치가 없는 그런 작은 떨이 생선들을 잡세기라고 불렀다고. 그럼 할머니가 잡세기들을 냄비에 한데 넣어서 맵게 폭 끓여 밥상에 올렸다. 숟가락을 부딪치며 후후 불어 먹던 그 얼큰한 잡세기탕이 어찌나 맛있었는지 모른다고 엄마는 말했다.

"일단은 무를 숭덩숭덩 빗질하듯이 썰어 넣어서 물 붓고 한소끔 끓여내는 거야. 거기다가 잡세기들을 넣는 거지. 우리 땐 잡세기 중에 노가리가 젤로 많아서 노가리탕이라고도 불렀어. 굵은소금이랑 대파랑 마늘로 간하고, 고춧가루랑 땡초 많이 많이 넣어서 매운탕처럼 푸르르 끓이면 얼큰한 잡세기탕이 되는 거지."

해물잡탕이 보글보글 끓기 시작하자 엄마는 뜨거운 국물을 한 숟가락 떠서 호로록 맛보았다.

"그러니까 이게 무슨 맛이냐 하면 말이야. 한 숟갈 입에 넣는 순간 가슴에 사르르 안심되는 소리가 들리는 맛이야. 할머니도 할아버지도 다 보고 싶어지는 맛."

처음 할머니 묘를 찾아간 날이었다. 상경하기 전에 엄마와 동생과 함께였다. 가벼운 소나기가 그친 오후. 먹구름이 천천히 물러나고 있었다. 비가 갠 직후라 묘지에는 우리뿐이었다.

할머니와 우리들 이름이 새겨진 비석에는 물기가 채 마르지 않았다. 할머니를 보낸 지 얼마 지나지 않았기에 우리들 마음도 그랬던 것 같다. 톡 건드리면 또르르 눈물이 날 것 같아서 아무도 말이 없었다.

묘지에서 할머니를 만나는 건 처음이라 어떡해야 할지 몰랐다. 우리는 꽃을 꽂고 사과를 깎고 할머니가 좋아했던 초코파이랑 요구르트를 비석 앞에 놓았다. 소주도 한 병 사 와 뚜껑을 따서 놓아두었다. 묘지 앞에 서서 "할머니, 저희 왔어요." 인사를 건네려니 어색하기 그지없었다.

우리는 나란히 두 번 큰절을 올렸다. 조용히 절

을 올리고 무릎을 꿇고 앉았을 때, 멀뚱히 서로를 쳐다만 보던 우리. 푸하하. 그만 웃음이 터져버렸다. 비 온 뒤 땅이 마르지 않아 세 사람 모두 무릎 부분만 동그랗게 젖어 있었던 것이다. "할머니 미안해요. 우리 다 고뱅이*가 축축해요." 난데없이 터져 나온 웃음은 멈추지 않았다. 그것도 엄마가 제일 크게 웃었다.

"엄마, 여기서 이렇게 웃어도 되는 거야?"

"뭐 어때. 울 엄만데. 우리뿐인데. 할머니가 '야들아, 쫌 웃어야 않겠나.' 그랬나 보다."

우리는 마음껏 웃었다. 엄마는 할머니 묘에 소주를 뿌리며 말했다.

"엄마가 좋아하는 매운탕 같은 것들도 여기에 가져올 수 있음 좋을 텐데…. 울 엄마는 맵고 짜가운 국물 좋아하는데…."

• '무릎'의 강원도 사투리.

할머니, 대신에 요구르트 짠 해요. 우리는 묘지 앞에 엉거주춤 쪼그려 앉아서 요구르트를 마셨다. 할머니가 마주 앉아 웃고 있는 것 같았다. 할머니는 요구르트를 무진장 좋아해서 돌아가시기 전까지도 얄금얄금 아껴 마시며 어린애처럼 웃곤 했다. 괜히 진지하고 슬퍼할 필요 없구나. 이렇게 자주 할머니를 보러 놀러 오고 싶다고, 웃고 떠들다 가고 싶다고 생각했다.

그날도 우리는 항구식당엘 갔다. 허름한 식당 구석에 앉아서 보글보글 끓어오르는 해물잡탕을 먹으며 별스럽지 않은 이야기를 나누었다. 항구식당 해물잡탕은 꼭 할머니가 차려준 빠알간 밥상 같아서, 한 숟갈 국물 떠먹을 때마다 가슴이 사르르 안심되는 소리가 들렸다. 버스 시간은 다가오는데 구들장 같은 뜨끈한 방바닥에서 일어나고 싶지 않았다. 여기서 도란도란 이야기 나누다가 깔깔깔 웃다가 그만 버스를 놓치고 싶었다.

엄마. 엄마.

엄마랑 맛있는 음식 먹으면서 엄마 이야기를 더 많이 듣고 기억하고 싶었다. 헤어질 때마다 항구식당에서 먹었던 맵고 짠한 우리의 작별 식사를, 언제나 버스가 떠날 때까지 창밖에서 손 흔들어주던 엄마의 얼굴을 오래오래 기억하고 싶었다.

헤어질 땐 맵고 짠하게 안녕.
맛있는 음식들 쟁여 먹은 힘으로 열심히 살다가 돌아올게.

맛있는 거 한입이라도
떼어주는 게 사랑이지
번개시장

어떤 방송에서 여든셋인 할머니가 된장크림파스타를 맛있게 만들어 먹고는 남은 걸 조금만 가져갈 수 있는지 제작진에게 물었다.

"할머니, 누구 주시려고요?"
"우리 애기. 애기 딸 있어요."

할머니는 따뜻한 된장크림파스타를 담아서 집에 가져갔다. "먹어봐. 너 좋아하는 우유도 많이 들어가고 치즈도 들어가고 엄마가 만든 된장도 넣었어."라며 기대에 찬 목소리로 딸에게 권하는 할머니. 딸은 파스타를 맛있게 먹으면서 "동네 할머니들이랑 같이 잡순 거야? 요새 우리 엄마 호강해. 점점 예뻐지고. 우리 엄마 이렇게 즐겁게 지내서 너무 좋다."라고 흐뭇해했다. 할머니는 대견한 듯 말했다.

"철 안 들은 줄 알았는데 그런 소리도 하냐. 애긴 줄 알았더니."
"엄마. 나 올해 환갑이야."

모녀는 깔깔거리며 웃었다. 이 귀여운 장면이 어쩐지 찡했다. 우리 엄마도 서른다섯인 나를 '큰 애기'라고 부른다. 심지어 덩치 커다랗고 수염 덥수룩한 남동생은 '작은 애기'라고 부른다. 내가 아이들 낳았을 땐 "아직도 애기 같은 게 애기를 둘이나 낳았네."라며 대견해했다. 엄마 눈에는 애엄마나 갓난아기들이나 마냥 다 애기로만 보이는 것이다.

엄마랑 '번개시장'엘 갔다. 번개시장은 해 뜨기 전에 반짝 서는 새벽 어시장. 새벽 5시에 열어서 아침 9시면 닫는다. 엄마는 내가 집에 내려오면 꼭두새벽에 일어나 번개시장에 다녀왔다. 거기서 가자미, 오징어, 우럭 회를 떠 오거나 대구, 명태, 고등어, 조기를 사 와서 끓이고 굽고 조려주었다.

결혼 전에는 엄마가 번개시장엘 가면 나는 집에 남아서 늦잠을 자곤 했다. 어렸을 땐 툴툴거려도 엄마를 곧잘 따라 나서곤 했는데, 타지생활을 하게 된 후론 엄마 집에 오면 이상하게 끝도 없이 잠이 쏟아졌다. 엄마는 이불을 폭닥 덮어주며 말했다.

"원래 집 떠나면 고생이야. 긴장이 풀려서 그래. 사는 게 피곤해진 걸 보니 너도 어른 다 됐네."

늘어지게 자고 일어나면 진수성찬이 차려져 있었다. 겨우 눈뜨고 밥상에 앉아 엄마가 차려준 음식들을 하품하며 먹던 나. 정말이지 등짝을 후려쳐도 시원찮을 정도로 한심하고 부끄럽다. 결혼하고 나서는 엄마가 번개시장에 간다면 조르르 따라 나선다.

해도 뜨지 않은 어슴푸레한 시장에는 대낮처럼 사람들이 바글바글했다. 젖은 바닥은 바닷물이 찰방찰방 밟히고. 생선 냄새, 무언가 태우는 냄새, 모기향 냄새가 뒤섞여서 생생했다. 파란 비닐 수조에서는 살아 있는 오징어가 낚시찌처럼 튀어 오르고, 바닥에 널브러뜨려놓은 생선들조차 눈이 싱싱했다. 좌판에 사람들이 와글와글 모여서 생선을 골랐다. 장대에는 삐득삐득 말린 오징어랑 생선들이 커튼처럼 매달려 있고, 상인들은 쉴 새 없이 생선궤짝을 들고 날랐다. 한구석에는 할머니들이 삼삼오오 모여 횟감을 떠주고, 또 한구석에는 드럼통에 불 피워두고 상인들이 돌아가며 몸을 녹였다. 힘찬 풍경이었다.

엄마랑 생선을 고르다가는 재밌는 일을 겪었다. 엄마가 생선을 사려고 돈을 내미는데 엄마 옆에 서 있던 어떤 할머니가 자꾸 엄마 손을 밀어 넣는 것이었다. 엄마가 몇 번이나 돈을 내려는네도 그 할머니는 안 된다며 세차게 엄마 손을 밀었다. 아는 할머니인가? 이상해서 지켜보고 있는데, 갑자기 할머니가 엄마를 보더니 웃음을 터트렸다. 그러고는 엄마 손을 꼭 잡고 등을 쓸어주면서 무언가 말을 하는 것이었다. 생선 봉다리를 들고 나오는 엄마는 히쭉 웃고 있었다.

"엄마, 아는 할머니야?"

"아니. 그게 아니라 엄마가 당신 애기인 줄 알았대. 딸이 오랜만에 집에 내려와서 할머니가 사려고 하는데 자꾸 딸이 돈 내려는 줄 알고 막았던 거래. 엄마가 할머니네 애기랑 똑같이 생겨서 몰랐다고 미안하대. 할머니 되게 귀엽지."

멀찍이 할머니랑 팔짱 끼고 걸어가는 중년여성이 보였다.

"엄마랑 비슷한 나이 같은데 애기라고?"

"그럼 애기지. 너도 엄마한텐 애기, 엄마도 할머니한텐 애기였지. 할머니 생각나서 찡했다야."

엄마도 할머니 돌아가시기 전까지 병원 침대에 같이 누워서 안겨 있었는 걸. 엄마, 아프지 마, 하고 맨날 찔찔 울면서. 엄마 앞에선 다 애기지. 애기야. 엄마는 비닐봉지를 열어 산 것들을 자랑하듯이 종알거렸다.

"대구랑 어린 오징어 좀 샀어. 대구는 맑게 탕하고 오징어는 폭 쪄가지고 잘라주면 애기들 잘 먹겠지? 가자미랑 우럭 회 뜬 거는 채소랑 땡초 잔뜩 넣어서 초장에 묻혀 먹으면 애기들 좋아하겠다. 고등어랑 조기는 이따 저녁에 구워서 애기들 먹이고."

"맛있게 해 먹자. 큰 애기는 고등어를 젤로 좋아해."

큰 애기, 작은 애기, 갓난애기들이 뒤섞인 애기들 애기를 들으며 엄마랑 팔짱을 끼고 시장을 돌아다녔다. 어렸을 때는 장이 서면 엄마를 따라나섰다. 엄마랑 같이 장보다가 좌판에서 파는 잔치국수랑 묵밥 같은 것들을 사 먹곤 했다. 가을에는 찐옥수수, 겨울에는 군밤 호떡 사 먹으며 따뜻했다. 봄빼 바지 두 벌 사서 나눠 입기도 하고 머리핀 같은 것들 구경하다가 서로 사주기도 했다. 엄마랑 팔짱 끼고 시장 돌아다니는 게 우리 모녀의 데이트였다지. 집에 가려던 엄마, 오늘도 도너츠 좌판 앞에서 멈춰 선다. 아무튼 우리 엄마 단 거 되게 좋아한다니까.

"찹쌀도너츠다. 꽈배기도 사 갈까. 애기들 좀 나눠줘야지."

"여기 산 것들만 먹어도 배부를 거 같은데."

"딸. 맛있는 거 한입이라도 떼어주는 게 사랑인 거야."

"그래. 많이 많이 사 가자."

갓 튀긴 찹쌀도너츠랑 꽈배기도 설탕 잔뜩 묻혀 담았다. 엄마가 따끈한 찹쌀도너츠 한입 베어 물더니 나 한입 내어준다. 도너츠 쫀득쫀득 씹어 먹으며 설탕 묻은 입으로 엄마랑 달게 웃었다. 사랑이 뭐 별 건가. 맛있는 거 한입이라도 떼어주는 게 사랑이지. 그사이 밝아진 하늘에는 아침 해가 쨍쨍 떠 있었다.

# 엄마가 숨겨둔 이야기

딸이 지어준 집밥

"엄마. 할머니한테 집밥 해준 적 있어?"

"있지."

"언젠지 기억나?"

"엄마가 처음 할머니한테 집밥 해준 게, 우리 태백에 이사 갔을 때. 그때 네가 몇 살이었지?"

"나 아홉 살 때."

"그래, 그때야…. 할머니가 집들이를 오셨어. 일흔 조금 넘었을 때. 그래도 좀 건강하셨을 때. 할머니는 딸이 먼 곳에 있다가 가까이 와서 살게 됐다고 보러 오셨어. 할머니가 처음으로 집에 오는 거니까 엄마도 솜씨를 뽐내봐야지 하고 최선을 다해서 상을 차렸어. 그때 뭐뭐 했었냐면, 고등어 굽고, 열기랑 가자미도 꾸워놓고. 호박전이랑 표고버섯전 부치고. 또 뭐더라. 아. 잡채도 뭤쳤다. 흰 쌀밥에 미역국 폭 꼬아가지고 큰 상 깔고 잔치처럼 해 먹었어.

할머니가 참 맛있게 먹어줬어. 야가 음식도 안 배우고 시집갔는데 그래도 맛깔스럽게 했다야, 어깨 너머로 배우더니 그래도 손끝이 참 야물다, 음식 하는 걸 보니 안심이 된다, 야들 낳고 잘 키우는 거 보니 다 큰 어른이다, 그런 칭찬 들으니까 좋았지.

할머니는 밥만 먹고 그날 가셨어. 가기 전에 문 앞에 서서는 치마폭에서 보쌈지갑을 꺼내시더라. 꼬깃꼬깃한 돈을 꺼내가지고는 맛있는 거 사 먹으라고 너네한테 쥐여줬어. 기억나시? 할머니가 안 푼 두 푼 치마폭에 아껴 모아났다가 너네 만나면 꼭 그렇게 쥐여줬잖아. 할머니가 간다고 배웅하는데, 마음으로는 배웅하는데 엄마는…

그날 처음으로 집에 온 할머니한테 따뜻한 밥을 대접했지만 아이러니하게도 너무 슬펐어. 솔직히 나는 이 삶에서 벗어나고 싶었어. 사실은 집들이가 아니었어. 매일 밤 술을 마시고 집을 시끄럽게 했던 네 아빠 때문에 그때 우리집은 겨울날 살얼음판처럼 불안하고 위태위태했었지. 그런 딸을 위로한다고 할머니가 올라오신 거야. 하룻밤 자지도 못하고 밥만 먹고 가셨지. 엄마 마음은, 태연하게 잘 산다고 할머니한테 보여주고 싶었어. 행복하게 산다고 보여주고 싶었어. 이렇게 음식도 잘하고 손끝도 야문 딸이라고 보여주고 싶었는데, 할머니는 이미 알고 계셨던 거야. 내 딸이 힘들게 어렵게 이 삶을 지탱해가고 있다는 것을.

할머니가 치마폭에서 꼬깃꼬깃한 돈 꺼내 쥐여 주고는 종종히 사라지는데…. 사실 그때 나는, 우리 엄마 손을 잡고 따라가고 싶었어.

이렇게밖에 살 수 없는 나를 보인다는 게 너무 아팠어. 부모의 마음이야 오죽했을까. 부모는 자식 이 말하지 않아도 그 마음을 다 알고 있단다. 나는 너희 둘 손잡고 여기 서 있는데. 저기 멀리 가는 할 머니 뒷모습이 너무 조그마해. 시간이 지나서도 잊 을 수가 없어. 엄마는 아직도 그 뒷모습이 아파."

"엄마, 할머니 손잡고 가지 그랬어. 그래도 난 엄마 원망 안 했을 거야."

"아니. 내가 선택한 삶이야. 할머니도 다 알고 계셨단다."

동그랗고 빨갛고 따뜻한 한 그릇

곰칫국

12월 31일에는 늘 고향에 내려갔다. 네 시간쯤 버스를 타고 엄마 집에 도착하면, 그간 입고 있던 사회적 자아와 긴장을 훌훌 벗어던지고는 이불 속으로 직행했다. 으. 따뜻해라. 엄마랑 귤 까먹으면서 텔레비전 채널을 돌리며 마지막 날을 보냈다.

늦은 밤까지 연말 시상식을 보다가 카운트다운이 시작되면 같이 숫자를 외쳤다. 오 사 삼 이 일. 제야의 종이 울리고 엄마와 새해 복을 주고받았다.

"엄마, 새해 복 많이 받아."
"딸, 모든 복은 너의 것이야."

엄마는 자기 복까지 나에게 모조리 주곤 했지만. 아무튼 끝과 시작이 교차하던 그 밤은 쉽사리 잠이 오지 않았다. 아쉽기도 설레기도 한 마음이 이상하게 들떠서 한참을 뒤척이다가 선잠에 들곤 했다. 그치만 우리 엄마는 잠도 없지. 이른 새벽부터 나를 흔들어 깨웠다. 이불 속을 파고드는 나에게 엄마는 말했다.

"첫 해는 맞으러 가야지. 해는 매일 떠도 새해 첫 해는 같은 해가 아니야. 한 해를 살고 다시 태어나는 해란다."

나는 부루퉁한 얼굴로 일어나 툴레툴레 엄마를 따라나섰다. 작은 바닷마을이었지만 동해 바다를 끼고 있는 해돋이 명소인 우리 동네는 새해만큼은 요란하고 벅적거렸다. 그래서 우리는 바닷가와는 반대쪽으로 향했다. 시끌벅적한 바닷가와 멀리 떨어진 곳에, 우리만 아는 해돋이 장소가 있었다. 엄마는 그곳을 '광야'라고 불렀다. 겨우 사람 예닐곱 명쯤 발디딜 수 있을 정도로 작은 언덕이었지만 거기만 가면 마음이 넓고 아득해진다고 해서 엄마가 붙인 이름이었다.

겨울나무가 우거진 야트막한 언덕을 엄마와 올랐다. 인파와 소음에 부대끼며 유별나게 새해를 맞이하고 싶지는 않았다. 아침에 산책하듯이, 익숙한 일상처럼 편안하게 새로운 아침을 맞이하는 일이 얼마나 좋은 것인지 우리는 알고 있었다.

바닷가에서 보는 해돋이는 도드라지는 강렬한

얼굴의 해를 볼 수 있지만, 바다에서 멀찍이 떨어져 보는 해돋이는 하늘과 바다 사이에 떠오르는 수줍은 얼굴의 해를 볼 수 있다. 사실 진짜 좋은 해돋이는 멀리서 수줍은 해를, 환해지는 풍경을, 반짝이는 바다를 잠자코 바라보는 건데 말이야. 아무도 모르는 행복한 비밀을 간직한 사람들처럼 우리는 설레는 마음을 꾹꾹 밟으면서 언덕을 올랐다.

광야에 올라 숨을 고르며 바다를 내려다보았다. 수평선이 지워져 하늘과 바다의 경계가 모호했다. 짙푸른 물감을 손가락으로 스윽 문질러놓은 것 같은 바다를 엄마는 참 좋아했다. 우리는 해를 기다렸다. 어슴푸레한 새벽빛이 부예질 때쯤, 찬바람에 두 뺨이 발그레해질 때쯤, 해는 조용히 떠오를 준비를 했다. 그때쯤엔 설레기보다 오히려 마음이 잔잔해졌다.


서서히 1월 1일 아침 해가 떠올랐다. 수평선을 가르며 떠오르는 해는 깊은 어디께에서 헤엄쳐 올라온 갓 태어난 별 같았다. 아이를 낳은 후엔 그 모습이 이제 막 세상 밖에 나온 핏덩어리의 모습과 닮았다는 생각을 했다. 작고 빨갛고 예쁘고 기쁘고. 해는 점점 새빨개지며 조용히 떠올랐다. 세상도 밝고 선명해졌다. 그리고 따뜻해졌다. 저 작은 동그라미로부터 세상이 이토록 환하게 데워진다니. 뭉클했다. 엄마와 나는 오랜 친구처럼 손을 잡고 해를 바라보았다. 그리고 서로에게 말해주었다. 행복하자. 행복하자.

해는 하늘 높이 떠올라 금세 구름 속으로 사라지고 아침은 허기와 졸음을 몰고 왔다. 우리는 언덕을 내려와 허름한 식당에 들어갔다. 그리고 곰칫국을 시켰다.

밥공기 뚜껑에 꽁꽁 언 손을 얹고 손바닥을 데우며 기다리고 있자면 커다란 스테인리스 사발에 뜨끈한 곰칫국이 담겨 나왔다. 방금 본 해처럼 동그랗고 빨갛고 따뜻했다. 국물부터 한 숟갈 떠먹는다. 목구멍이 칼칼하고 따뜻해진다. 김치가 들어간 국물은 텁텁하긴커녕 깔끔하고 개운하다. 말카당한 곰치 살을 숟가락에 얹어 국물이랑 같이 또 한입. 목구멍을 부드럽게 넘어간다. 추운 몸이 녹아내리면서 속이 간질간질해진다. 따뜻해진다.

흰 공깃밥에 곰칫국 한 사발, 뜨거움이 채 가시기도 전에 뚝딱 사라지고 말았다. 엄마랑 나는 발개진 얼굴 마주 보며 흐허 웃었다. 이제 집에 갈까. 가서 더 자자. 해를 맞이할 고향이 있다는 것, 돌아갈 집이 있다는 것, 엄마와 밥을 먹는다는 것. 그 모든 것이 따뜻하고 평온했다. 나의 1월 1일의 기억이었다.

내가 결혼하고 나서는 엄마 혼자 광야에 올라 해돋이를 본다. 해마다 새해 첫 해를 찍어서 보내주는 엄마. 올해 첫날에도 1월 1일의 해를 찍어 보내주었다.

"사랑하는 가족들 모두 건강하고 행복하자."

초점이 흔들린 사진 속에, 해를 보며 모두의 행복을 빌었을 엄마의 마음이 보이는 것 같아 나는 또 뭉클해지고 만다. 엄마 혼자서는 먹으러 가지 못할 곰칫국이 아쉬워서, 광야에 오르던 산책길이 그리워서, 엄마가 보고파서.

돌아보면 1월 1일에 나는 어김없이 행복했다. 새해 첫날의 해가 같은 해가 아닌 것처럼, 새해 첫날 나의 행복도 전날과 같은 행복은 아니었다. 1년을 살고 꽉 채워 다시 태어난 첫 행복. 넘칠 듯 찰랑이는 벅찬 마음이 아니라 채운 걸 비우고도 충만한 마음이었다. 다시 조금씩 채울 작은 행복들을 기대하는 마음으로, 올해도 나는 행복하게 살고 싶다. 매일매일 작은 행복들을 채우며 살고 싶다.

# 엄마가 최선을 다해 나를 키웠다는 걸 알아

엄마.

아까도 통화한 엄마에게 편지를 쓰려니 조금 쑥
스럽다. 엄마는 저녁에 고등어조림을 먹을 거라고
했는데. 하여간 우리 엄마 고등어 참 좋아해 하면서
속으로 웃었지. 이 책을 쓰면서 나는 엄마를, 엄마의
엄마를 매일 생각했어. 나의 엄마들이 지어준 음식
들. 어떤 음식을 써야 하나, 내가 잘 쓸 수 있을까 막
막했어. 사실 나의 도시생활은 고달팠거든. 생각할
여유도 없이 팍팍하게 살면서 인스턴트 음식으로 연
명하던 하루하루는, 너무나 배고프고 삭막해서 나는
날마다 시들어갔던 것 같아.

결혼하고 방송일을 그만두었지. 내가 정말로 쓰
고 싶은 글을 써보겠다며 그만두었지만, 실은 더 이
상 버티지 못하고 도망친 마음이 더 컸어. 아무와도
연결되지 않고 잘 보이지 않도록 잠시 어디에 숨어
있고 싶었지. 다행히 결혼하면서 작지만 따뜻한 집
이 생겼어. 처음 생긴 내 집에서 엄마를 생각했어.
"발 뻗고 누울 집이 있다는 게 얼마나 행복한 일인
줄 아니?" 엄마의 목소리가 들리는 것 같았지.

내가 집에서 제일 먼저 한 일이 뭔지 알아? 집밥을 만들어 먹었어. 매 끼니 밥을 지어 먹었어. 이상하지, 엄마. 그제야 내가 살아 있는 기분이 들었어. 엄마 어깨 너머로 보았던 기억을 더듬어서, 조금만 모르겠어도 엄마에게 전화해 물어보면서 요리를 했지. 엄마, 가자미는 어떻게 굽더라? 오징어는 어떻게 데치지? 미역은 얼마나 볶아야 해? 사소한 거 하나하나 물어보는 나에게 엄마는 귀찮은 내색 하나 없이 조곤조곤 알려주었지. 불 앞에서 엄마 목소리를 듣던 그 시간이 나는 좋았어.

엄마. 나 입덧으로 고생할 때 시금치된장국 끓여줬던 거 기억나? 아무것도 못 먹고 하루에 자두한 알로 겨우 버텨가던 때, 내가 엄마가 만든 시금치된장국이 먹고 싶다고 울면서 전화하니까 엄마는 네 시간 버스를 타고 올라와서 시금치된장국을 끓여주었어. "그 마음 다 알지. 그맘때 사무치는 음식은 꼭 먹어야 한다." 엄마가 끓여준 시금치된장국에 흰밥 말아서 한 그릇 깨끗이 비웠어. 속이 하나도 아프지 않았어. 몇 달 만에 먹어본 밥다운 밥. 배부르고 따뜻해서 울 듯이 행복했지.

아이들 낳고 혼자서 어쩔 줄 몰라 고생할 때, 시간 날 때마다 올라와 미역국을 끓여주던 엄마를 기억해. 엄마가 없더라도 엄마표 미역국을 먹여주고 싶어서 사위에게 레시피를 전수해준 엄마 마음을 알아. 그땐 모든 게 막막해서 하루에도 서너 번씩 엄마에게 전화를 걸곤 했어. 나는 엄마가 처음이라서 엄마가 필요했어. 그럼 엄마는 내 마음 다 안다는 목소리로 오래도록 내 이야기를 들어주었지. 통화를 마치고 자주 그런 생각을 했어. 엄마도 나를 키울 때 엄마가 필요한 날들이 많지 않았을까.

둘째 수술받던 날, 간단한 수술이라지만 세 살배기 몸에 전신마취를 해야 한대서 얼마나 걱정했는지 몰라. 아무것도 모르고 해맑은 아이를 수술실로 보내고는 기어코 병원 복도에서 울음을 터트렸을 때, 엄마는 일찍이 올라와 우리 집에서 밥을 짓고 있었어. 냉장고에 밑반찬 꽉꽉 채워두고 딸이 좋아하는 미역국이랑 고등어조림 밥상에 차려주고는 심야버스 타고 내려가던 엄마의 뒷모습을 기억해. 엄마

가 가고 나서 너무 고맙고 마음이 아파서 조금 울었
어. 나는 어쩌면 이렇게 잘도 우는 거야. 그러니 무
얼 먹어도 짭짤름하지.

　　봄에는 온 가족이 감기로 아팠어. 아이 있는 집
들은 그렇잖아. 아이들 감기 걸리면 엄마 아빠 다 옮
고 앓고 나서야 한철 감기가 지나가지. 시켜 먹기도
사 먹기도 싫어서 힘을 내어 부엌에 갔어. 아이들은
가자미를 구워주고, 우리는 고등어조림 해 먹으려고
엄마에게 전화해서 물어봤어. "양파 깔고 김치 깔고
폴폴 끓이면서 계속해서 고등어 위에 국물 끼얹어
줘야 한단다. 힘들더라도 아플 때 더 잘 챙겨 먹어야
해. 잘하고 있어, 우리 딸." 불 앞에 서서 가족들 먹
을 밥을 만드는데 그런 내가 이상하고 신기했어. 엄
마 생각이 많이 나더라. 밥을 짓던 엄마의 마음이 이
랬겠구나 하고.

　　돌아보면 엄마는 우리에게 늘 무언가 만들어줬
던 것 같아. 내가 기쁠 때 슬플 때 아플 때 배고플 때.
엄마가 만들어준 집밥이 나를 먹여 살렸더라. 아이
들 낳고 매일 저녁 함께 밥을 지어 먹으면서 깨달았

어. 엄마가 나를 아주 많이 사랑했다는 걸.

엄마는 참. 나는 엄마를 생각하면 마음이 짜고 뭉클해.


겨우 한 끼 만들어 먹는데 얼마나 많은 시간과 정성이 필요한지. 누군가를 위해 요리하고 같이 나눠 먹는 일이 얼마나 행복한지. 따뜻한 집밥 한 끼는 나뿐만 아니라 다른 사람도 보살피는 사랑이더라. 엄마. 나는 비로소 나 자신도, 다른 사람도 사랑하는 법을 알게 된 것 같아.

아이들 챙긴다고 서서 혼자 밥 먹는 나에게 화를 낸 엄마의 마음, 고향에 내려가면 늦잠 자는 나를 깨우지 않는 엄마의 마음, 엄마 있을 때만이라도 좀 쉬라며 부엌엔 오지도 못하게 등 떠미는 엄마의 마음, 새벽 어시장에 나가 귀하고 신선한 것들 양손 가득 사 오는 엄마의 마음, 집에 돌아가는 나에게 꽁꽁 싸맨 보따리를 쥐여주는 엄마의 마음…. 엄마가 최선을 다해 나를 키웠다는 걸 알아. 그러니 엄마, 나도 최선을 다해 아이들을 키울게. 그리고 나를 지킬게. 밥 잘 챙겨 먹고 든든한 밥심으로 잘 살아볼 거야.

엄마가 그랬듯이 이제는 내가 아이들을 위해 매일 밥을 만들어. 순한 마음과 정성스러운 손길로 재료를 다듬고 끓이고 구울 때마다 엄마가 지어준 집밥과 추억들, 밥상에 둘러앉아 우리가 함께 보낸 시간들이 떠올라. 우리에겐 먹는 일이 곧 사는 일이었구나. 그렇담 우리는 참 행복하게 살았구나 하고. 앞으로도 우리들, 어우렁더우렁 행복했으면 좋겠다고 매일 생각해.

엄마가 이 편지를 읽을 때쯤에는 내가 엄마에게 집밥을 만들어주고 싶어. 엄마를 위해 장을 보고 밥을 안치고 생선을 굽고 국을 끓일 거야. 그때는 따뜻한 방에 마주 앉아 우리 같이 밥 먹자.

엄마. 사랑해.

006

**고등어**

엄마를 생각하면
마음이 바다처럼 짰다

1판 1쇄 펴냄  2020년 11월 17일        지은이  고수리
1판 4쇄 펴냄  2023년 9월 15일

편집  김지향 황유라 정예슬
교정교열  안강휘
디자인  박연미
일러스트  손은경
미술  이미화 김낙훈 한나은 김혜수
마케팅  정대용 허진호 김채훈 홍수현 이지원 이지혜 이호정
홍보  이시윤 윤영우
제작  임지헌 김한수 임수아 권순택
관리  박경희 김도희 김지현

펴낸이  박상준
펴낸곳  세미콜론
출판등록  1997. 3. 24. (제16-1444호)
06027 서울특별시 강남구 도산대로1길 62
대표전화  515-2000
팩시밀리  515-2007
편집부  517-4263
팩시밀리  515-2329        세미콜론은 민음사 출판그룹의
                          만화·예술·라이프스타일 브랜드입니다.
ISBN                      www.semicolon.co.kr
979-11-90403-24-5 03810

                          트위터  semicolon_books
                          인스타그램  semicolon.books
                          페이스북  SemicolonBooks
                          유튜브  세미콜론TV